COLLECTION FOLIO

Didier Daeninckx

L'espoir en contrebande

Gallimard

Didier Daeninckx est né en 1949 à Saint-Denis. De 1966 à 1982, il travaille comme imprimeur dans diverses entreprises, puis comme animateur culturel avant de devenir journaliste dans plusieurs publications municipales et départementales. En 1983, il publie *Meurtres pour mémoire*, première enquête de l'inspecteur Cadin. De nombreux romans suivent, parmi lesquels *La mort n'oublie personne, Cannibale, Itinéraire d'un salaud ordinaire, Camarades de classe, Missak, Galadio, Le banquet des affamés.* Écrivain engagé, Didier Daeninckx est l'auteur de plus d'une cinquantaine de romans et recueils de nouvelles.

LES CORPS RÂLENT

J'ai lu les journaux ces derniers temps, de manière précautionneuse, après plus de six mois de coupure complète d'avec le monde. Une cure de survie mentale pour ne pas risquer de tomber sur ma photo, sur mon nom. Apparemment, on m'a oublié. Sauf moi. Et il va falloir que je porte le fardeau jusqu'au dernier jour. Rien n'a vraiment changé, on se contente de variantes : toujours le même découragement à se mettre de l'encre sur les doigts. On décapite du chrétien en Indonésie, on lapide de la femme adultère au Nigeria, on gaze du mineur débile au Texas, on exécute à tout-va dans les stades chinois en attendant d'accueillir les jeux Olympiques, on accommode le Tchétchène à la sauce Poutine, on noie du sans-papiers par dizaines entre Gibraltar et Tanger… Et si on vote en masse pour un homo aux Pays-Bas, c'est surtout parce qu'il est facho. J'ai suivi, par bribes, l'histoire des deux mômes, et en fermant les yeux j'ai replacé des images entre les mots du journaliste. C'est toujours ainsi que j'ai procédé : jeter des passerelles de fiction entre deux blocs de réalité. Un peu comme on traverse un torrent en s'appuyant sur des rochers épars. J'ai résolu pas mal d'affaires avec cette méthode, et j'étais surpris, souvent, de voir mes hypothèses se confirmer. D'autant que j'imagine toujours le pire. Le patron de l'agence me passait la main dans le dos, comme on caresse un chien de chasse, en me félicitant pour mon « pif », et j'acceptais qu'on qualifie d'intuition ce qui devait uniquement à la réflexion.

Le seul témoin ne s'est manifesté que trois jours après la découverte des corps : un conducteur d'engins spéciaux qui avait emprunté un des énormes bulldozers utilisés à l'aménagement de la digue pour creuser les fondations de sa maison. Les travaux avaient duré plus de temps que prévu, et c'est en ramenant l'excavatrice, au petit matin, qu'il avait été dépassé par un break de couleur sombre qui roulait vers la falaise tous feux éteints. Le conducteur avait été tellement étonné de tomber sur un engin de terrassement à l'amorce d'un virage qu'il avait failli lui rentrer dedans. Il se souvenait avoir vu trois silhouettes à l'intérieur. Il s'était montré incapable de donner la marque du véhicule, sa couleur exacte, l'un des chiffres ou l'une des lettres de la plaque minéralogique. Juste l'heure : la radio du bull réglée sur Nostalgie passait *Helwa ya baladi*, de

Dalida, et un coup de fil à la station avait permis de déterminer que la chanson égyptienne était programmée juste après le tunnel publicitaire qui suivait le flash de 15 heures. Je connais assez bien le coin où ça s'est déroulé, on pouvait même le voir à l'œil nu, droit devant la fenêtre de la salle à manger, avant que le père Jeanson fasse pousser son rideau de peupliers de rapport, un des seuls que la tempête du jour de l'an ait épargnés. En arrivant par les champs, le promeneur est assez surpris de se retrouver devant un à-pic de plus de cent mètres et de découvrir la luminosité courbe et blafarde de la muraille de calcaire, enveloppé par le bruissement entêtant, venu des profondeurs, des vagues sur les galets. On est pris par la tentation de se jeter. C'est sur la gauche, là où la falaise se couche, qu'ils ont décidé de construire le port pétrolier pour éloigner de la ville les risques d'explosion. Le peigne des darses de béton partage l'anse où je venais me baigner, gamin, en une dizaine d'alvéoles où viennent accoster cargos et méthaniers. On s'y promène dans toutes les langues de cette misère qui pousse à s'embarquer sur des bateaux sans âme, à vivre devant un horizon de conteneurs et à ne connaître du pays pour lequel on travaille que le drapeau effiloché qui flotte à l'arrière du navire. Les cales déversent directement le gaz ou le pétrole dans les pipelines enfouis qui filent jusqu'aux cuves des raffineries. Tout le reste transite par le monstrueux serpent d'asphalte enroulé autour de la blancheur crayeuse, et j'entends rugir les moteurs à la peine quand le vent nous vient d'Irlande.

On sait que ce n'est pas là qu'elles sont mortes. Je ferme les yeux et j'imagine. Le type a installé l'un des cadavres à l'avant, à la place du mort, l'autre sur la banquette arrière, et ils sont retenus par les ceintures de sécurité pour donner l'illusion de voyageuses ordinaires. Les têtes ballottent au gré des virages, les longs cheveux glissent, découvrant les fines marques de strangulation auréolées de bleu. Il slalome dans le bocage, évite une pelleteuse en maraude et prend le chemin communal dont l'extrémité est interdite à la circulation en raison des éboulements provoqués par les vibrations du chantier. Il s'arrête près de la Croix aux Veuves, un calvaire jadis honoré par une procession de femmes de marins, à la mi-août, et dont témoigne une série de rééditions de cartes postales à destination des touristes en vente à l'épicerie du village. Il sort, fait le tour de la carrosserie en scrutant les ténèbres pour s'assurer que personne d'autre n'a pris possession des lieux, détache les sangles. Il glisse un bras sous les cuisses de la première jeune fille tandis que son autre bras passe dans son dos ; quand il la soulève, leurs joues se frôlent. Il marche lentement vers le bord de la falaise, les épaules rejetées vers l'arrière pour ne pas riper sur le gravier. Il traverse le chemin des douaniers tracé en parallèle au vide dans l'herbe battue par le vent. Les rafales soulèvent la jupe du costume de majorette et les franges blanches qui barrent la poitrine, les bottines crème viennent battre doucement contre son genou droit. Un coup de rein, une poussée des bras et des mains, puis plus rien que le ressassement des vagues dans lequel se perd le choc du corps sur la plage. Il retourne prendre le chapeau rouge constellé d'étoiles, le bâton argenté aux embouts lestés de caoutchouc et les jette vers les flots noirs, avant de s'occuper de la seconde majorette et de ses attributs.

C'est un pêcheur qui a repéré les corps deux jours plus tard depuis son embarcation, mais entre-temps les pluies d'automne avaient effacé les traces du passage du meurtrier. Les gendarmes ont tout ratissé, ils sont même venus perquisitionner ma maison située dans le périmètre des investigations, ce qui ne m'a pas donné l'occasion de revoir Gérard Troncar, le capitaine Troncar depuis qu'il était monté en grade. En vacances. J'ai eu droit à son adjoint, un type pas franc du regard sous sa visière, avec ses épaulettes de chaque côté. J'ai laissé la musique à fond pendant leur visite et ils n'ont pas demandé que je l'éteigne. Ça impressionne, les chants grégoriens. J'ai lu qu'ils avaient saisi le contenu de tous les aspirateurs des stations-service, à dix kilomètres à la ronde, et que les analyses étaient encore en cours. Le journaliste croyait savoir qu'un tueur en série avait été arrêté aux États-Unis, quand un enquêteur avait retrouvé les poils de dix de ses victimes mêlés aux siens dans le sac-poubelle d'un *car-wash* qu'il avait l'habitude de fréquenter. Comme quoi, on ne se méfie jamais assez de ce qu'on secrète.

J'ai conservé la maison dans l'état où je l'ai récupérée à la mort de maman. Mon seul luxe, ça a été de sonoriser toutes les pièces : une vingtaine de petites enceintes noires reliées à la chaîne stéréo du rez-de-chaussée au moyen d'un câblage agrafé et collé sur la tranche des plinthes. Le matin, je place une dizaine de galettes dans le chargeur de CD et j'en ai pour la journée. En ce moment, c'est Manolo Caracol qui chante *Tu cuerpo es una custodia,* un des morceaux les plus érotiques de la musique flamenca.

Ton corps est un tabernacle
Qui possède plusieurs escaliers pour monter au ciel...

Je n'étais pas revenu pendant trente ans et tout n'avait fait que vieillir. Les tentures se sont chargées de poussière, le cuir des canapés a pris la texture impossible de la peau de ces Indiens sans âge, sur les photographies des ethnologues, les tapis ternis montrent leur trame, des lignes que j'interprète dans mes rêveries comme s'il s'agissait de celles de paumes strient les plafonds. Les chiures des mouches troublent le regard des ancêtres dans leurs cadres dorés. On continue à l'appeler le Château de l'Ingénieur, bien que mon père ait disparu il y a plus de cinquante ans alors qu'elle était encore en construction. De toute mémoire, les seuls étrangers à venir s'installer ici le faisaient à l'occasion de mariages. Mes parents avaient été les premiers à quitter la ville, et au lieu de bâtir bas, trapu, vite masqué par la végétation, ils s'étaient dressés dans le paysage avec une tour crénelée, équipée d'une éolienne qui fournissait assez d'énergie pour éclairer la maison et faire monter l'eau du puits. Je grimpe souvent là-haut avec une paire de jumelles et j'observe les nuages, les oiseaux, les arbres, les humains… J'ai toujours été un contemplatif et j'ai le sentiment que cela me vient de la manière dont les gens d'ici m'ont accueilli quand j'avais huit ans. La manière plutôt dont ils ne nous ont pas accueillis… Je n'ai pas connu leurs jeux, leurs cachettes ni les défis qu'ils se lançaient, pas plus que les baisers furtifs des filles. Il a fallu la mort de mon père, sa photo dans le journal, la cérémonie à l'église, le défilé dans le cimetière, pour que l'adversité s'atténue. L'article est encore dans un tiroir, jauni, avec le dessin expliquant comment la turbine du sous-marin avait explosé lors des essais, tuant cinq ingénieurs et autant d'ouvriers. J'ai existé grâce au malheur.

Il repose à trois cents mètres, avec maman, dans un caveau entouré d'une grille en fer forgé, agrémenté de colonnes et pilastre, alors qu'ici tout le monde se contente d'une tombe ramassée sur laquelle le vent glisse sans rencontrer la moindre résistance. La sépulture des deux gamines est située un peu plus loin, près du point d'eau et de l'appentis où les cantonniers remisent leurs outils. Pendant des semaines, on aurait dit un champ fleuri, les bouquets, les coussins et les gerbes s'amoncelaient par dizaines, puis le flot s'est tari et une autre tombe s'est chargée d'éclosions blanches, celle d'un môme de dix-huit ans tué en rencontrant une pile de pont, à 160 à l'heure, au retour d'une nuit de fête en discothèque. En réglant les jumelles au maximum de leur puissance, je peux lire l'épitaphe gravée dans le marbre : « Joël Trignan, 1984-2002, Que je t'aime. »

La tête recouverte d'un fichu noir, une femme accroupie nettoie les portraits souriants des deux majorettes. Elle écarte les cuisses, pose un genou sur la pierre tombale tandis qu'un enfant d'une dizaine d'années au visage fermé trace un petit chemin dans le gravier de l'allée, de la pointe de son soulier. Viviane, l'une des seules filles du village qui osaient me parler, me sourire, passait son temps à enfiler des perles minuscules aux teintes improbables, à confectionner des colliers, des bracelets et toutes sortes de petits tableaux représentant des animaux. Pour l'anniversaire de mes onze ans, elle m'avait offert une tortue mauve et grège qu'elle prétendait centenaire. Comme je refusais de la croire, elle m'avait livré son secret : le matériau dont elle usait provenait de la décharge du cimetière où les fossoyeurs jetaient les fleurs fanées, les objets brisés, les éclats de marbre. En creusant, elle avait trouvé d'antiques compositions, des « à mon époux tant aimé », « à un fidèle compagnon », des « mort au champ d'honneur » calligraphiés avec des rangées de perles artisanales dont le secret de fabrication, de coloration, s'était perdu. Entre mes mains, la tortue avait immédiatement dégagé une odeur d'ossements qui nous sépare, Viviane et moi, à tout jamais. Est-ce que les fillettes tricotent encore aujourd'hui des figurines avec les offrandes faites aux morts ?

Je me suis perdu un moment dans l'observation de la campagne, tout d'abord attiré par la progression saccadée d'un lièvre au milieu d'une parcelle où poussait du maïs, puis j'ai dérivé en direction d'une des granges du père Jeanson. L'un de ses fils, je crois avoir reconnu Sébastien que j'ai croisé en classe de fin d'études où il a stagné deux ou trois ans, se branlait avec véhémence, la tache blanche du slip à hauteur des mollets, le pantalon en tire-bouchon sur les chevilles. Il a poussé une porte et quelque chose a remué à la lisière de l'ombre. Je me suis redressé sur mon siège, impatient de savoir qui se commettait avec l'innocent, avant de comprendre qu'il s'occupait du cul d'une vache.

J'ai baissé les paupières et je me suis laissé emporter par la musique. Il m'a fallu plusieurs secondes pour m'apercevoir qu'un son étranger interférait dans le « *Giunto sul passo estremo* » du *Mefistofele* de Boito gravé par Enrico Caruso à Milan, un siècle auparavant. J'ai fini par identifier les cinq notes préliminaires de *La Cucaracha* que carillonnait la sonnette de la porte d'entrée à la moindre sollicitation. La femme qui entretenait la tombe des deux fillettes se tenait sur le seuil, tenant le gamin au visage buté par la main. Elle avait libéré ses cheveux du fichu noir et des mèches volaient devant ses yeux. Elle a esquissé un sourire qu'elle a accompagné d'un mouvement de la tête.

— Bonjour. Vous êtes bien Jean-Luc Mestrem…

J'ai dodeliné de la tête.

— Oui…

— J'ai eu beaucoup de mal à venir jusqu'ici… On ne se connaît pas…

J'ai haussé les épaules tandis que dans mon dos, Caruso lançait le « *Ah vieni qui…* » du *Germania* de Franchetti. Je savais qu'elle était la mère des deux majorettes assassinées, qu'elles portaient toutes trois le nom d'un cultivateur du coin, Borain, celui de son père ou de son beau-père avec lequel j'avais traîné mes guêtres, un demi-siècle auparavant. Je savais aussi que j'aurais dû faire l'effort de suivre le convoi funèbre. Je me souviens qu'à l'époque, et comment le leur expliquer, j'avais déjà du mal à traîner mon ombre. Elle a jeté un œil sur les lettres, les publicités que le facteur glissait sous la porte et que je me contentais de rabattre du pied vers un vase haut qui servait à égoutter les parapluies.

— Je suis la fille de Viviane... Ma mère m'a dit que vous étiez amis...

Je n'ai pas eu besoin de me retenir de lui dire que je pensais justement à elle, quelques minutes plus tôt, et à la tortue centenaire qui déjà puait la mort. Elle a fouillé dans la poche de son blouson pour sortir un petit rectangle de carton qu'elle m'a tendu. J'ai reconnu une des cartes de visite du temps où j'étais le roi de la filature.

— Mon père parlait souvent de vous, lui aussi. Après sa mort, j'ai retrouvé deux cassettes d'émissions de télé dans lesquelles vous étiez venu parler de votre métier... C'est pour ça que je suis là... Il m'avait dit que si un jour j'avais des ennuis, je devais faire appel à ce détective et qu'il me sortirait de la mouise. C'est bien de vous qu'il s'agit, non ?

Je lui ai redonné le vestige et, touché par sa détresse, je me suis fendu de mes plus longues phrases prononcées depuis des mois.

— Oui, c'était moi, il y a bien longtemps... Désolé, mais j'ai raccroché l'imper et le chapeau il y a maintenant près d'un an. Définitivement. Je suis revenu au village pour y passer ma retraite, tranquille, dans la maison de mes vieux. Les seules choses que je file aujourd'hui, c'est les poissons, et je peux vous confier qu'ils ont toutes leurs chances…

Mon discours a eu l'effet inverse de celui que j'escomptais. Elle a poussé son gamin silencieux devant elle et est entrée dans le couloir.

— Vous ne pouvez pas savoir. Chacune de mes secondes est comme marquée au fer rouge par leurs deux sourires. Je ne cesse de placer mes pas dans les leurs, j'essaie de comprendre ce qui aurait pu m'échapper, de retrouver la moindre de leurs phrases, de percer à jour les sous-entendus, les secrets qu'elles partageaient. Pendant des mois, j'allais matin, midi et soir à la gendarmerie pour leur apporter une lettre, leur confier un soupçon, une intuition… Au début, ils étaient prévenants, puis ils ont commencé par me dire que l'enquête était bloquée, qu'elle ne redémarrerait que si on mettait en lumière un fait nouveau. La semaine dernière, c'est tout juste s'ils ne m'ont pas mise à la porte… Vous êtes mon dernier espoir…

J'ai posé la main, bras tendu, sur le mur opposé pour lui signifier que je ne souhaitais pas qu'elle aille plus loin. Derrière moi, le ténor attaquait sans faiblir un deuxième extrait du *Mefistofele* : « *Dai campi, dai prati.* »

— Je vous comprends, mais je suis hors jeu. Je ne peux vous être d'aucun secours…

Elle a promené son regard sur les meubles ternes, les rideaux alourdis par l'humidité marine et la nicotine, la peinture écaillée, le matelas de lettres sous nos pieds.

— Je ne vous demande pas de me rendre un service. J'ai de l'argent, je peux payer…

— C'est gentil de vous inquiéter pour moi, mais j'ai largement de quoi voir venir. Toutes les enveloppes, par terre, sont bourrées de chèques.

Elle a repris son gamin par la main avant de tourner les talons. Ils ont descendu la marche et fait quelques pas sur l'allée du jardin envahi par les mauvaises herbes. Je me perdais dans le balancement de sa robe autour de ses hanches quand elle s'est retournée et qu'elle a tiré sur la fine bretelle de tissu, dénudant une épaule.

— Quand on se baignait, l'été à la plage, et que je lui demandais ce qu'il avait là, en haut de la poitrine, la cicatrice avec le trou au milieu, il me parlait de vous. Il me racontait comment ça s'était passé à Moulin-Palestro, quand vous êtes tombés dans une embuscade et qu'il s'est jeté devant vous pour vous plaquer à terre… C'est lui qui a pris la balle qui vous était destinée…

La première chose qui m'a surpris, à cet instant, c'est qu'il lui en ait parlé à la plage, justement.

On venait de crapahuter pendant toute la journée, et on avait décidé de faire une halte près des sources chaudes, à une encablure de la ferme incendiée par les rebelles, un mois plus tôt. D'après l'état-major, les paras avaient pacifié le secteur et on n'avait plus rien à craindre, à part les mines. On s'est tous mis à poil, et on s'est dirigés vers le rocher en surplomb. J'ai sauté le premier, suivi par Guillaume. Ils devaient nous observer depuis le début, mais ils ont attendu qu'on sorte de l'eau et qu'on chahute sur le sable brûlant du désert pour commencer à nous aligner. J'ai vu une tête exploser, à un mètre de moi, et je suis resté figé, incapable du moindre geste. C'est à ce moment-là que Guillaume m'a sauté dessus, comme un arrière, au rugby, et que son sang m'a giclé à la figure. Un hélico était venu le prendre dans la soirée, et on l'avait transféré dans un hôpital militaire, près d'Alger. Nous ne nous étions jamais revus.

Je suis descendu dans le jardin.

— Comme ça, tu es la fille de Guillaume Lanster…

— La fille de Viviane et de Guillaume, oui…

Je l'ai prise dans mes bras.

— Tu ne pouvais pas le dire plus tôt ! Entre…

Le temps a filé après le départ de Véronique et de son fils, Gilles. Le soir, en écoutant une série de monodies grégoriennes chantées par un chœur de femmes, l'ensemble Discantus, j'ai profité de la douceur du temps pour allumer le barbecue et me faire deux douzaines d'huîtres à la braise. Je les ai posées une à une sur la grille tandis que s'élevaient les chants en hommage à Marie, mère de Jésus, Élisabeth, mère de Jean-Baptiste, et Rachel, mère des Innocents. Dès qu'une bestiole commençait à frémir, je versais une cuillerée à soupe d'un mélange de petit chablis, d'échalote finement coupée, de sel et de poivre. Dans un dernier sursaut, le mollusque gobait la préparation, puis je comptais jusqu'à dix, comme me l'avait appris André, un collègue originaire de Salamanque, pour porter la coquille brûlante à mes lèvres et en aspirer le contenu. La bouteille y passe. La lucidité aussi.

Le lendemain matin, une brume grise noyait le bocage. J'ai pris la voiture pour couvrir le petit kilomètre qui me sépare de la gendarmerie. Je me suis garé sur un des emplacements réservés aux véhicules bleu nuit. Un jeune pandore, aussi aimable que la météo, est venu se planter devant moi alors que je claquais la portière.

— Il faut dégager, vous ne pouvez pas rester là…

Je me suis contenté de pointer le doigt vers les étages, sans même le regarder.

— Je viens rendre visite à ton chef… Troncar… Si elle gêne, tu peux la déplacer : j'ai laissé les clefs sur le tableau de bord.

Dans le hall, des affiches promettaient un avenir radieux aux futurs engagés. À voir les mines renfrognées de ceux qui avaient signé, on pouvait espérer faire fortune en attaquant l'État pour publicité mensongère. J'ai grimpé l'escalier jusqu'au deuxième. Une femme photocopiait un passage du catalogue de La Redoute. La machine, capot ouvert, zébrait de vert fluo le plafond et les murs. J'ai longé le couloir en jetant un œil dans chacun des bureaux. Gérard Troncar occupait le dernier, une pièce en angle équipée d'une deuxième porte qui donnait sur un escalier de secours. Sa soixantaine massive débordait sur les accoudoirs. Il a soulevé les sourcils.

— Salut le Parisien… Je me demandais quand tu allais finir par trouver le chemin. Tu n'as pas trop changé…

J'ai débarrassé la chaise de l'attaché-case qui y était posé. Je me suis assis.

— Ça ne fait jamais que quarante-cinq ans, la dernière rencontre…

Il a remué la tête, en signe de dénégation. Je suis prêt à parier que j'ai alors entendu battre ses bajoues.

— Parle pour toi ! Moi, je t'ai vu à la télé, pas plus tard que l'année dernière. Une fraction de seconde, dans le journal de PPDA, juste avant qu'ils te mettent une couverture sur la tête et qu'ils t'emballent dans un fourgon devant le Palais de justice de Paris… Une affaire de viol, si je me souviens bien.

J'ai accusé le coup en réalisant que ses collègues avaient dû faire venir mon dossier dès l'annonce de la disparition des gamines, et que mon nom avait certainement figuré en bonne place sur la liste des suspects.

— D'abord, c'était il y a deux ans. Ensuite, le juge d'instruction a reconnu son erreur. C'était un coup fourré, la fille s'est rétractée. J'ai obtenu un non-lieu, mais dans l'intervalle j'avais plongé trois mois en taule et je m'étais fait éjecter de mon boulot…

Il a repoussé son clavier d'ordinateur pour poser ses coudes à la place.

— La vie n'est simple pour personne. Qu'est-ce qui t'amène ? Tu as de nouveaux ennuis ?

À voir son air gourmand, il était clair qu'il se tenait prêt à m'en créer, si des fois j'étais en manque.

— Non, de mon côté, tout va bien. Je suis là à cause de Lanster… Ce n'est pas qu'on était potes, mais c'est le seul de la bande que j'aurais aimé revoir par la suite. On s'est retrouvés ensemble en Algérie, par hasard. Sans lui je serais revenu dans un cercueil de zinc. Je ne savais pas qu'il avait passé l'arme à gauche. C'est sa fille qui me l'a appris hier.

Il m'a tendu un verre de café.

— Un cancer du foie alors qu'il ne buvait presque pas. Il est parti en trois mois. Alors comme ça, tu as vu Véronique, la mère des deux majorettes…

Le sourire allusif qui flottait sur ses lèvres était de trop.

— Oui… Pour être tout à fait franc, elle m'a demandé de l'aider. Je n'ai pas pu faire autrement qu'accepter… Je voudrais que tu m'expliques pourquoi on a balancé ses gamines à la mer.

Il est resté silencieux un petit moment, le temps de peser le pour et le contre, puis il a fini par se décider. Il s'est levé en se dandinant pour s'extraire de son siège.

— Le mieux, c'est d'aller faire un tour. On discutera en route.

J'ai pris le volant. Il m'a tout d'abord demandé de mettre le cap sur Stanval. Le village situé à une douzaine de kilomètres avait figuré sur le *Livre des records*, quelques années auparavant, pour avoir réalisé la plus grosse omelette au fromage du monde avec une circonférence d'une vingtaine de mètres. Un panneau illustré perpétuait le souvenir de l'exploit, à l'entrée du bled, mais l'air salin avait effacé le nombre d'œufs cassés à l'occasion, ainsi que le poids de gruyère râpé jeté dans la marée visqueuse. On a longé un élevage de poulets en batterie ainsi qu'une série de fosses revêtues d'une croûte verdâtre où était entreposée la fiente que des camions-aspirateurs venaient vidanger chaque semaine pour l'emmener à l'usine d'engrais azotés. J'ai fait jouer les essuie-glaces dans l'espoir de décourager les mouches. Après un carrefour, Troncar m'a fait signe de m'arrêter devant le foyer, une sorte de grange en parpaings au fronton de laquelle claquaient les drapeaux commémorant la libération du village, en août, et oubliés depuis.

— C'est là qu'elles ont été vues pour la dernière fois, le soir de la fête votive…

Il a poussé la porte. Sous les néons, des adolescents en chemisette verte et short blanc s'agitaient autour de deux rangées de tables de ping-pong. L'entraîneur observait les rebonds depuis une estrade décorée de guirlandes et de lampions. On a serré des mains et ramassé des balles, au passage. Troncar est passé derrière le bar et m'a décapsulé une bière, d'autorité. On a trinqué.

— Ce samedi-là, je n'étais pas de service ; j'avais pris deux jours de récupération. Je ne sais pas si tu te souviens, mais il a fait un temps pourri toute la sainte journée. Les pontes du comité des fêtes de Stanval ont annulé le défilé et décidé de regrouper toutes les animations prévues à l'intérieur de cette salle alors qu'elle devait seulement servir pour le bal de nuit. Trois fanfares, cinq escouades de majorettes, deux chorales, toutes les familles qui s'agglutinent pour ne pas louper une note du prodige, le public… Tu imagines le bordel !

— Je ne suis pas sûr d'y arriver… En tout cas, je fais l'effort…

J'ai remarqué que ce n'était pas le genre de reparties qu'il appréciait. Il a pris un petit paquet de pistaches dans le creux de sa main et a fait éclater le haut du sachet d'une pression des doigts.

— Il y avait beaucoup de monde de chez nous. Les trente musiciens de la clique, les vingt majorettes, et le chœur du père Bronier dont certains membres font double emploi avec la fanfare. Tu te rappelles quand on chantait dans l'église ? Tu étais un des rares à t'intéresser à la musique… Le virus t'est resté, si j'en crois tous les compacts qui traînent dans ta bagnole… Tu pratiques toujours ?

On ne sait jamais à quoi s'en tenir avec les gros, leurs rondeurs donnent confiance, alors les idées qu'ils professent doivent nécessairement épouser leurs courbes rassurantes. On s'aperçoit avec un temps de retard qu'il y a de l'angle dans l'airbag, qu'on s'est fait avoir. J'ai renoncé à me demander s'il maîtrisait le second degré et j'ai laissé mourir sa question. Il a repris le cours de la conversation en faisant craquer des enveloppes de pistaches entre ses dents et en crachouillant du petit-bois.

— La moitié du conseil municipal avait fait le déplacement, ce qui veut dire que lorsque j'ai commencé mon enquête, l'ensemble des habitants de notre village a dû justifier de son emploi du temps. Je te prie de croire qu'à ce jeu-là, on ne ramasse pas que des compliments. La clique a joué une dizaine de morceaux tirés de *Notre-Dame de Paris.* Les majorettes ont pris possession du podium vers 21 heures pour présenter trois chorégraphies : *La Marche américaine, Le Pont de la rivière Kwaï* et un truc de Céline Dion dont j'ai oublié le titre. J'ai la liste au bureau… La chorale a enchaîné. Les deux filles sont remontées sur scène pour faire les chœurs quand Gilles, leur frangin, a chanté *Le lion est mort ce soir*, en solo et *a capella.* Un triomphe aux dires des spectateurs…

Je me suis baissé pour poser ma bouteille vide dans l'alvéole d'un casier en fredonnant presque malgré moi « Dans la jungle, terrible jungle… ».

— Je l'ai vu avec Véronique, sa mère… Pas très causant pour un môme de cet âge… Il a l'air d'en avoir pris un sérieux coup.

— Non, il a toujours été comme ça, même avant la mort de ses deux sœurs. Il est d'un naturel un peu trop timide. Je l'ai interrogé et le caractère qui revient le plus souvent sur le procès-verbal, c'est le point de suspension… L'abbé Bronier me l'a confirmé : « Gilles chante divinement bien, mais il n'en décroche pas une. »

On a repris la voiture. Troncar m'a fait passer par une piste de tracteurs en terre blanche, d'abord tracée en parallèle de la nationale puis qui coupe en angle droit sur les falaises, entre les champs de maïs et de tournesol.

— Le seul témoignage dont on dispose sur le chemin qu'elles ont emprunté, c'est celui de Léonce, un pauvre type qui se loue de ferme en ferme depuis le jour où l'école a refusé de le garder, il y a quarante ans. Il avait été bloqué dans une grange par les orages. D'après ce qu'il dit, il s'est endormi jusqu'au petit matin. Quand il s'est réveillé, il a pris sa mobylette pour rentrer chez sa mère dans la seule ferme du coin qui n'a pas été remise en état après le Débarquement. Un véritable monument historique ! Il se souvient que dans ce secteur, une bagnole a failli le faucher, et qu'il s'en est sorti de justesse en se jetant dans le fossé. Il en avait gardé une image dans la tête, une jolie fille avec un chapeau, mais il avait tellement picolé dans l'après-midi que deux jours après il se demandait encore s'il n'avait pas fait un rêve à 12,5° ! C'est sa vieille qui nous l'a envoyé… Après, on prend sur la gauche jusqu'au port méthanier, à trois bornes, et là ça se recoupe avec les déclarations de l'ouvrier du chantier qui faisait du tourisme nocturne au volant du bull de son patron…

J'ai longé la côte, accompagné par les cris des mouettes et des cormorans. On est venus se garer près de la Croix aux Veuves. Un poète avait récemment graffité sa colère contre les digues qui bousillaient le paysage en contrebas : « *Une barre + une barre = barbare*». Le capitaine a fait quelques pas et approché les bouts ronds de ses chaussures de l'à-pic. Je n'aime pas jouer à me faire peur, et je suis resté à un mètre du ciel.

— C'est là ?

— Oui, les corps ont certainement été rabattus par le vent. Ils se sont fracassés sur un mélange de débris de falaise et de béton qui se trouve un peu en retrait. Il fallait venir de la mer pour les voir. Si tu as lu les journaux, tu sais qu'elles n'ont pas été violées. Je peux te confier que l'autopsie précise qu'elles n'étaient vierges ni l'une ni l'autre. De ce côté-là, ça n'a pas changé, on commence tôt dans le pays. Qu'est-ce que tu fous tout seul dans ta baraque depuis des mois ?

Il avait dit ça dans la foulée, sur le même ton, en continuant à regarder les galets bousculés par les flots.

— Rien. J'entends des voix, j'écoute de la musique.

— On se revoit de temps en temps, tous les anciens de la chorale. Pas pour pousser la chansonnette, je te rassure… C'est l'occasion de faire un bon gueuleton et de boire un coup en se racontant toutes les conneries qu'on a pu faire dans notre jeunesse. Plusieurs fois, on a pensé à toi… Comme tu ne donnais pas signe de vie, on n'a pas osé. Déjà, à l'époque, tu n'étais pas facile… Tu ne serais pas contre ?

Le fantôme déchiqueté de mon père, l'ingénieur, a flotté sur son « *déjà à l'époque* ». J'ai fait semblant de ne pas me souvenir comment les mômes du village me faisaient subir mon état de pièce rapportée. Je me suis contenté d'une réponse de Parisien.

— La prochaine fois, passe-moi un coup de fil… Sinon, vous travaillez dans quelle direction ?

— Plusieurs, tu dois t'en douter. On ratisse le local, sans trop de résultat jusqu'à présent. On tient deux fils assez fragiles qui mènent à l'étranger.

Un porte-conteneurs aux flancs rouillés a lancé trois coups de sirène en se présentant entre les balises du port.

Troncar m'a tout d'abord parlé de Rodolphe Alvarez, un forain d'une vingtaine d'années qui avait fait les frais de la rumeur au cours de la première semaine, après la découverte des corps. Émilie, la plus âgée des deux filles, était restée un bon bout de temps à discuter avec lui près de la caisse de la piste d'autos tamponneuses que sa famille, des gitans belges et andalous, installait sur toutes les places d'Europe. Le temps de rassembler des témoignages, de les recouper, les perches des bolides caoutchoutés faisaient éclater leurs étincelles électriques sous le ciel barcelonais.

— Le juge d'instruction est de bonne volonté, il veut l'entendre. Le problème, c'est qu'il lui faut remplir une pile de formulaires épaisse comme la Bible et débloquer des crédits pour le transport de justice ! Pour l'autre piste, c'est de la même eau... On a relevé les rôles de tous les navires qui mouillaient dans le port, et les listings ont été ingurgités par les ordinateurs. Un groupe de marins pakistanais du *Belérian*, un pétrolier russe, s'est fait remarquer à la fête. Il se trouve qu'un des membres de l'équipage possède une fiche de signalement à cause d'une condamnation pour attouchements. On a failli le coincer lors d'une escale en Amérique du Sud, à Montevideo, mais rien ne dit qu'il était à Stanval.

Sur le chemin du retour, il a tenu à ce qu'on mange un morceau dans une baraque à frites posée, pas loin de chez Jeanson, sur un ancien virage de la nationale abandonné au moment de son élargissement. Je me suis régalé, contre toute attente. Derrière le camion Trafic sur cales qui lui servait de roulante, le patron bricolait le bar et le bouquet, l'araignée et l'étrille pêchés le matin même. C'est seulement en servant les cafés qu'il a décliné son identité.

— Je croyais que tu allais finir par me remettre ! Jean Lafourtarde... On ne m'appelait jamais autrement que Jeannot La Moutarde dans la chorale. C'est peut-être pour ça que je me suis lancé dans la bouffe...

Même avec le sous-titre, j'étais incapable de me

rappeler du film… J'avais beau me creuser les méninges, son visage, sa voix, sa démarche, rien ne me disait rien. J'ai fait semblant, pendant qu'on partait. Il n'a pas voulu qu'on paye, et au clin d'œil que m'a lancé Troncar, j'ai compris que c'était la règle. Après un crochet par la gendarmerie, je suis allé m'installer au sommet de ma tour, une couverture sur les épaules, pour écouter de bizarres polyphonies syncopées, des accords chantés à trois voix, en pleine puissance, par des paysans svanes. J'ai eu l'idée de me relever pour prendre un atlas, mais assez vite la force de leur musique m'a dissuadé d'aller pointer mon doigt sur une carte.

Le lendemain matin, un jeudi, il faisait un temps de saison que les gens du coin définissent d'une phrase : « Ça devrait se maintenir. » De la brume pleine de flotte en suspension, remuée par un petit vent de nord qui allait dégriser le ciel sans rien sécher. J'ai enfilé un gilet avant de passer ma veste et je suis sorti. Il fallait marcher le long des haies pendant un bon kilomètre pour atteindre les premières maisons du village, de grosses fermes bourrées de laitières qui se gavaient d'herbe grasse et iodée sur les prés enclos des falaises. Les murs des cours et des dépendances, en enfilade, amplifient le bruit des pas, puis on arrive sur la place du marché flanquée de ces bâtiments blafards en grosse pierre crayeuse qui ont ordonné le paysage après les bombardements alliés. Les projectiles avaient épargné le clocher de l'église. La légende locale en attribuait le mérite au saint auquel elle était dédiée, Guénolé, dont les marins en perdition et les femmes stériles invoquent ordinairement le nom. J'ai poussé la porte. Deux vieilles en noir se recueillaient devant l'autel, agenouillées, un homme accompagné d'un enfant allumait un cierge tandis que des touristes attardés comparaient l'original d'une statue de bois polychrome à sa reproduction figurant sur leur guide. Je me suis approché d'une femme occupée à balayer les dalles de la nef.

— Bonjour… Vous savez où je peux rencontrer l'abbé Bronier ?

Je l'ai reconnue à son bec-de-lièvre quand elle a relevé la tête. Une des filles d'un éleveur de volailles qui vivait la même mise à l'écart que moi, à l'époque. Rien ne s'est allumé dans son regard.

— Il faut ressortir. Normalement, monsieur l'abbé fait chorale, le jeudi à partir de 10 heures. Il arrive toujours en avance et se prépare dans la salle du catéchisme. C'est derrière l'église, à droite du monument aux morts.

Je pouvais y aller les yeux fermés. Le temps semblait avoir épargné la pièce tout en longueur aux murs percés de fenêtres arrondies pour évoquer la forme des vitraux. Les fresques naïves, La Cène,

Le Chemin de croix, La Crèche, Les Rois mages, se reflétaient toujours dans le parquet impeccablement ciré. Je les avais vu peindre par un artiste venu du Havre, qui ensuite s'était emparé des flancs du château d'eau sur lesquels il avait d'un côté dessiné des lettres ombrées composant le nom du village, et de l'autre le blason adopté par le conseil municipal : la proue d'un drakkar, deux épis de blé et trois moutons superposés, le tout sur fond azur bordé d'or. Le maire, poète à ses heures, s'était fait battre par ses colistiers sur le choix de la devise, ce qui avait épargné aux promeneurs la lecture aérienne de « *À Préval, honneur et justice prévalent* ». J'ai traversé la salle vide en toussotant, pour attirer l'attention, sans que personne se manifeste. Une porte entrouverte donnait sur les vestiaires, une autre sur la cave et la chaufferie. Une sorte de murmure a attiré mon attention. Je me suis approché, et le chuchotis a pris des accents de plainte. Apparemment, ça venait des toilettes. J'ai fait encore quelques pas et j'ai incliné la tête en direction de la voix. Sous la lumière crue du néon, un homme d'une trentaine d'années, habillé de sombre, se tenait droit devant les lavabos, les lèvres agitées par une sorte de tremblement, le regard fixé sur son reflet que lui renvoyait la glace. Je me suis concentré pour saisir les paroles qu'il psalmodiait.

— Je vous en supplie, Seigneur... Je fais tout ce qui est en mon pouvoir de simple mortel... Je respecte votre parole dans chacun de mes actes, mais des pensées me viennent, m'assaillent, m'envahissent… Je leur résiste du mieux que je peux. Il m'arrive pourtant de voir mon esprit quitter les lignes des Livres saints et s'égarer vers ces chemins tortueux et boueux. Oh ! Seigneur…

À ce moment précis, il a commencé à se débraguetter en pleurant, il a tiré sur son slip, sorti une queue en formidable érection et soulevé ses couilles à pleines mains.

— Mais pourquoi, pourquoi m'avez-vous mis ça entre les jambes ! Oh ! Seigneur, je n'en peux plus, aidez-moi, je vous en supplie…

Un bruit de cavalcade, sur les lames du parquet, a brusquement mis un terme à sa transe. Il a repris ses esprits en même temps qu'il rangeait ses organes dans son pantalon. Quand j'ai battu en retraite, deux gamins m'ont bousculé et sont entrés, essoufflés, dans les vestiaires.

— Bonjour, mon père…

— Bonjour, les enfants.

Je me suis fait la tête de l'innocent qui arrivait sur leurs talons.

— Bonjour, monsieur l'abbé… Si vous avez un moment avant le cours de chant, j'aurais aimé vous parler… Je m'appelle Jean-Luc Mestrem et j'enquête pour le compte de la famille sur le meurtre des deux filles de Véronique Borain. On pourrait se mettre dans le bureau du fond, sous le portrait de Pie XII…

Il a eu un sourire un rien condescendant.

— Cela fait bien longtemps que vous n'êtes pas venu, mon fils, et j'ai bien peur qu'on l'ait égaré, de même que ceux de ses deux premiers successeurs.

Nous nous sommes assis sous le regard oblique de Karol Wojtyla, filtré par la vitre fumée de sa papamobile.

— Vous êtes d'ici, monsieur Mestrem ? Je ne vous ai jamais vu à l'église, à moins que la mémoire ne me fasse défaut...

Il remuait les mains, en parlant, et l'image de ses doigts boudinant ses testicules, dans les chiottes, perturbait notre conversation sans qu'il s'en doute. J'ai respiré intensément pour bloquer le fou rire que je sentais naître.

— Non, j'ai pris ma retraite il y a quelques mois dans la maison de mes parents, celle qu'on appelle le Château, sur la route des Forges. J'ai passé mon enfance ici, au temps des soutanes, des cornettes et de la messe en latin. Le décorum me manque... Je faisais partie de la chorale que dirigeait l'abbé Germain.

— Un très saint homme et un très bon pédagogue que Dieu avait rappelé à Lui bien avant que j'arrive à Préval. Que voulez-vous savoir ?

Derrière la cloison, le brouhaha s'amplifiait au fur et à mesure de l'arrivée des gamins.

— Tout d'abord que vous me racontiez comment l'après-midi et la soirée se sont déroulées, à la fête paroissiale de Stanval, et ensuite…

Il m'a interrompu.

— Ce sera très rapide : je n'étais pas sur place. Je suis parti le vendredi précédent pour une retraite chez les moines du Désert de Poligny, dans la forêt de Nemours. Je ne suis revenu que le mercredi, le jour où les corps de ces malheureuses enfants ont été retrouvés au pied de la falaise. Je ne sais que ce qu'on a bien voulu me dire, et vous vous doutez bien que je ne peux trahir le secret de la confession.

— Vous avez discuté avec leur jeune frère, Gilles ?

Il a plaqué ses paumes l'une contre l'autre.

— Discuter est un bien grand mot. La conversation se limite à des « oui » et des « non ». Il est incapable d'exprimer sa souffrance autrement que par le chant. Il faut l'entendre interpréter *Summertime*, il vous glace les sangs, c'est aussi poignant que par Billie Holiday et plus troublant. On se demande où un enfant de dix ans va puiser cette incroyable justesse d'émotion. Il l'a chanté à Stanval, et exceptionnellement, la chorale était dirigée par Lucien, un laïque qui me seconde… Écoutez, ça s'est calmé à côté, c'est signe qu'il a fini par arriver. On ne va pas tarder à entendre les premières notes de la *Liebesliederwalzer* de Brahms avec lesquelles il se déride les doigts à l'harmonium…

Je l'ai suivi jusque dans la salle aux murs illustrés. Les inscriptions sur les T-shirts, les casquettes ou les jeans de la quinzaine de mômes rassemblée autour du musicien déclinaient les initiales d'une bonne moitié des équipes vedettes de basket américaines, au milieu desquelles deux polos des Journées Mondiales de la Jeunesse faisaient figure de marginaux. L'organiste a senti notre présence au silence qui s'était installé dans son dos, et il s'est retourné en faisant pivoter son tabouret. On s'est mutuellement identifiés, au quart de seconde. Il s'est levé, m'a tendu la main.

— Salut, Jean-Luc, ça fait un sacré bail ! Tu es revenu prendre ta place dans la chorale ?

— Si vous avez du Paolo Conte au répertoire, je pense que je peux encore faire illusion devant un parterre de malentendants…

C'est curieux comme une sollicitation imprévue réactive mille sensations oubliées. Lucien Merlot ne figurait plus à mon inventaire portatif depuis des lustres… Il suffisait d'une rencontre pour qu'il réinstalle massivement sa carrure dans ma mémoire. Je l'avais effacé, et cependant c'était mon seul véritable pote de ce temps-là. Notre alliance avait été scellée un soir de décembre 1953, juste après Noël, alors que le vent faisait danser des volutes de neige au-dessus des vagues. Le futur capitaine Troncar m'avait surpris alors qu'assis dans un blockhaus, je feuilletais un numéro de *Cinémonde* qui m'avait atterri entre les mains je ne sais trop comment. Une petite lampe Wonder braquée sur le papier, j'admirais la presque totalité de l'épiderme de Brigitte Bardot, imaginant ce que cachaient les deux pièces du bikini qu'elle promenait sur une plage méditerranéenne. La légende évoquait son mariage, quelques jours auparavant, à l'église de Passy, avec le metteur en scène Vadim dont le journal livrait le nom véritable, Roger Vladim Plemiannikov, qui s'accordait à merveille aux bourrasques et au tapis d'ouate posé sur les prés. À peine entré dans le fortin, Troncar s'était emparé de la revue d'un geste vif et s'était mis à danser une sarabande en frottant la photo de l'actrice contre son sexe. Quand j'avais tenté de récupérer mon bien, son poing s'était écrasé sur mon nez. C'est au cœur de la douleur qui me fermait à demi les yeux que j'avais vu Lucien venir à mon secours. Les rudiments de judo acquis auprès d'un des instituteurs de la communale avaient fait merveille, et Troncar n'en revenait pas de s'être retrouvé le dos dans la poussière après un balayage fulgurant. La lèvre amochée, il m'avait tendu l'effigie de Bardot en bredouillant que les gonzesses, ça mettait toujours la zizanie entre les mecs.

J'ai pris Lucien par le bras. Nous avons discuté quelques minutes ensemble pendant que le curé faisait pousser des vocalises à sa chorale pour placer les voix. Ce qu'il gardait en tête de cette fête de village, c'était la lourdeur de l'air, la tension électrique que faisait peser l'orage sur les objets et sur les êtres.

— Le ciel était présent comme jamais, ce jour-là, on levait le regard vers lui en attendant que ça craque, même si on le redoutait. Le soulagement n'est pas venu après la première ondée. Les gouttes éclataient dans la poussière, sans parvenir à la mouiller, et c'était pareil pour les nerfs. Il a fallu que le gros des nuages noirs se place au-dessus de Stanval, que tout s'y déverse. J'ai alors ressenti une sorte de soulagement physique, comme si ça se dénouait, à l'intérieur. Les fanfares, les majorettes, le public, les cyclistes se sont précipités vers la salle des fêtes, en cohue. J'étais sur la scène, occupé à régler la sonorisation. Au bout de cinq minutes, j'ai cru voir monter un brouillard de vapeur au-dessus de l'assemblée.

Il a donné quelques signes d'impatience quand l'abbé Bronier a fait répéter à ses élèves les premières phrases musicales du *Chœur des prisonniers* de Beethoven.

— Tu es resté jusqu'à la fin du bal ?

Il a fait un geste pour prévenir qu'il serait libre dans deux petites minutes.

— Non, je ne me sentais pas bien, je suis sujet à l'asthme, et le spectacle avait lieu dans une ambiance de hammam. J'étouffais. Je ne peux que te confirmer ce que j'ai déclaré à Troncar, pour son procès-verbal : j'ai vu les deux gamines pour la dernière fois quand elles étaient sur scène pour chanter *Le lion est mort ce soir* avec Gilles, leur petit frère. Justement, il vient d'arriver… Après, j'ai démonté le matériel, rassemblé les tenues que ma femme lave et repasse après chaque concert, j'ai enfourné le tout dans le coffre de ma voiture, avec l'harmonium, puis je suis rentré directement à la maison. Pendant la journée, je n'avais pas eu une seconde à moi. Pas simple de tenir trente mômes ! Tu te souviens des conneries qu'on faisait, hein ? On se marrait bien ! Quand tu te trouves de l'autre côté de la barrière, c'est loin d'être aussi drôle…

Je l'ai laissé rejoindre l'abbé Bronier, et j'ai passé en revue tous les saints, sur les murs, accompagné par les notes initiales du *Je chante* de Charles Trénet murmurées, lèvres fermées, par l'ensemble de la chorale. Au moment où je poussais la porte, une voix cristalline s'est élevée sur cette sorte de tapis mélodieux. Un frisson a parcouru tout mon être. J'ai marqué un temps d'arrêt, la main sur la poignée, et fait un effort pour ne pas me retourner. C'était moi d'avant la mue, jusqu'à douze ans, en surplis blanc.

Coude sur le zinc, j'ai avalé un café lavasse au bar-tabac tout en parcourant, comme une vache regarde passer un train, les pages du canard local. Le jour précédent avait eu son exact content de bonheurs et de drames : on s'y était autant écrabouillés aux carrefours qu'à l'habitude, les champions de belote ou de cyclo-cross avaient agité le même nombre de coupes qu'un autre mardi ordinaire, et un nouveau rond-point paysager fluidifiait la circulation aux abords d'une quelconque zone commerciale. Seule aspérité bosselant l'ordinaire, une brève signalait qu'à Douville-sur-Andelle un homme avait creusé lui-même la tombe de sa femme, dans le cimetière communal, incapable de faire face aux frais d'inhumation.

J'ai ressorti la liste des contacts fournie par Troncar. J'ai coché le nom d'Anne-Cécile Husigne. La communication venait de s'établir, dans le recoin qui jouxtait les chiottes, mais il a fallu que je raccroche le combiné sans poids du publiphone, à cause d'un habitué qui se ramonait les bronches derrière la porte. L'appareil m'a bouffé ma pièce, une cinquante centimes d'euro teutonne. Quand la chasse a lavé le résultat des expectorations du voisin, j'en ai glissé une nouvelle dans la fente, à l'effigie du roi des Belges, qui a eu plus de chance. Ma correspondante m'a donné rendez-vous dans une ferme située à trois kilomètres de Préval, en début d'après-midi, pour le café. L'inventaire mental des rayonnages du frigo ne constituait pas une franche invitation à rentrer à la maison. Je me suis installé à la terrasse du restaurant Chez l'Autre, une plaisanterie qui faisait toujours rire, localement, un demi-siècle après la création de l'établissement par des natifs du bourg, les frères

Chélin, dont le fils de l'aîné faisait partie de la chorale du père Germain. C'est lui qui servait, et il n'a pas joué le grand air des retrouvailles. Un sourire appuyé lui a suffi. J'ai tenté sa spécialité du jour, l'andouillette de poisson sauce dieppoise, une sorte de quenelle avec des morceaux, un peu comme ces yaourts équipés de vrais bouts de vrais fruits qu'on vante à la télé. L'intérêt, c'est que ça préparait bien le palais à recevoir le petit bordeaux blanc, un entre-deux-mers, conseillé par mon ancien condisciple.

Anne-Cécile Husigne m'attendait devant une véranda accolée à la porte d'entrée d'une ancienne grange, un teckel à ses pieds. Elle m'a fait signe d'aller me garer sous un acacia. Je n'ai jamais apprécié les modèles réduits. Le blaireau s'en est rendu compte dès que j'ai mis les pieds sur le gravier. Il s'est mis à grogner, à aboyer jusqu'à ce que sa maîtresse, une jolie blonde serrée dans un pantalon blanc, se baisse pour le prendre dans ses bras et le serre contre sa poitrine. J'ai regretté de ne pas avoir eu l'idée de grincer des dents le premier pour subir le même traitement. Il ne me restait qu'à me placer dans le sillage de ses ondulations pour traverser la verrière. La vaste remise dans laquelle on avait conservé quelques vestiges agricoles, haquet, croskill, faucard, charrue tourne-oreille, abritait maintenant une salle de danse au sol parqueté. Les miroirs scellés à même la pierre démultipliaient l'image des outils vernis et des vingt majorettes en tenue qui marchaient sur place à la cadence d'un vieux tube disco de Patrick Juvet, *Où sont les femmes ?* Le tambour-major braillait ses ordres pour couvrir les décibels de la sono :

— On appuie davantage sur le pied gauche, et on retient le droit sur « *Où sont, où sont* »… Vous entendez ? On appuie. Gauche, gauche, gauche… « *Où sont, où sont* », on retient. Et tu montes le genou plus haut, Marine. Tu brises l'angle, prends exemple sur Virginie…

Anne-Cécile m'a conduit vers l'escalier de la loggia aménagée à mi-hauteur, sous la charpente. Au passage, j'ai reluqué les gambettes en mouvement, le tressaillement coordonné des muscles sous les bas, le flottement des jupettes rose tyrien autour des culottes blanches. Elle a débarrassé une chaise au passage. Elle s'est assise derrière un bureau encombré de matériel informatique. Dès qu'elle a ouvert la bouche, elle a tenu à marquer sa proximité avec le capitaine Troncar.

— Gérard m'avait avertie de votre possible sollicitation. Je ne peux que confirmer ce que je lui ai dit…

— C'est très exactement ce que j'attends de vous. Une phrase identique peut résonner de manière différente dans ma tête que dans la sienne, et un détail anodin de son point de vue peut, du mien, s'avérer capital… Vous pouvez me préciser si ça fait longtemps que vous vous occupez de ce sympathique détachement ?

— Ce n'est pas l'Armée du Salut, mais un club de twirling bâton officiellement affilié à la Fédération de France… Je le préside depuis la mort de mon père, il y a deux ans. C'était un des tout premiers, en Europe, à se lancer dans cette discipline : en quarante ans, il a formé pas loin de cinq cents majorettes. Tous les jours, je croise de jeunes grands-mères qui se souviennent avoir défilé au rythme de *Hello, le soleil brille…* Au début, personne ne le prenait au sérieux. Il devait aller dans les bases militaires américaines d'Évreux ou de Châteauroux pour acheter les bottes à revers, les chapeaux, les pompons et surtout les bâtons à pommeau que son ami Browder, un général deux étoiles de l'US Air Force, faisait venir du Texas.

Je me suis laissé prendre à la passion qu'elle mettait à défendre un sport dont le seul apport à la civilisation réside en sa capacité à ranimer la flamme dans le regard des anciens.

— Vous avez accompagné votre troupe à Stanval le jour où les deux sœurs Borain ont été assassinées…

— Je suis présente à chacune de leurs répétitions, à chacune de leurs prestations. Un ensemble de majorettes, c'est une véritable famille. Croyez-moi, j'ai vraiment vécu leur disparition comme un drame personnel. D'ailleurs, leur mère, Véronique, avait fait partie de la troupe, il y a une vingtaine d'années.

Au cours de la demi-heure qu'a duré notre entretien, je n'ai rien appris que je ne savais déjà. Seule information d'importance, Anne-Cécile m'avait précisé que d'habitude les déplacements se faisaient en car, mais en raison de la proximité du lieu du défilé, cette fois chacun s'était débrouillé pour venir sur les lieux. Il avait été entendu que la même directive valait pour le retour. Elle avait récupéré les accessoires, bâtons, pompons et chapeaux, dès que la parade avait été terminée, chaque majorette étant responsable de l'entretien du costume et des bottines.

Quand on est redescendus, c'était la pause autour d'un buffet garni de Coca-Cola, d'eau minérale et de barres chocolatées. Une onde de chaleur entourait les corps en sueur. J'ai essayé de discuter avec le capitaine de la formation, la rousse aux traits énergiques qui jouait les adjudants sur le tube de Juvet. Dès qu'elle a compris vers quels écueils je l'emmenais, un rictus a effacé son sourire.

Une heure plus tard, un verre de chablis à portée de main, je m'affalais dans le fauteuil, au sommet de ma tour, l'espace entier empli par les chants corses de I muvrini. Le ciel s'est assombri, et un orage tardif s'est abattu sur la voix de Jean-François Bernardini lançant depuis son île, la paume collée à l'oreille, les imprécations de l'*Amsterdam* de Brel. J'aurais voulu rester là et me réveiller au petit matin, vaguement gris et surpris de ne pas être dans mon lit, mais l'excitation née de la traque bouleversait la vie à laquelle je m'étais résigné. Le spectacle du soir qui enveloppait le rideau de peupliers, les nuages en lambeaux sur la ligne d'horizon, les langues de feu solaire au coucher ne me suffisaient plus. D'un coup de balai dans l'entrée, j'ai rassemblé la pub, les journaux, les lettres et j'ai tout mis en tas dans un tiroir de la commode en attendant de faire le tri.

Des branchages arrachés par la bourrasque encombraient la route, quelques arbres fragilisés depuis la grande tempête avaient profité de ce dernier souffle pour se coucher enfin. Une fois le village traversé, j'ai pris le chemin du vieux moulin en direction de l'étroite vallée de l'Anche. Pendant près d'un siècle, c'est là que venait se déverser le lait tiré de toute la région. Quand ma mère, pour acheter une coupe de beurre, me confiait un billet de cinq cents francs anciens à l'effigie barbue de Victor Hugo, je restais accoudé de longues minutes à observer les roues alimentées par une eau vive qui donnait son mouvement au ribot de la baratte où le miracle onctueux s'accomplissait. La machinerie tournait aujourd'hui à vide, pour le seul plaisir des yeux ; des années que le produit des trayeuses électriques transitait dans des cuves en Inox réfrigérées jusqu'à l'usine à packs UHT de la zone industrielle du Havre. Je suis venu me placer près d'un break sombre, en surplomb de la rivière, à l'endroit où jadis les paysans déchargeaient leurs bidons. Je ne suis pas allé directement écraser mon doigt sur la sonnette, j'ai flâné avec mes souvenirs, dans l'ombre de la bâtisse.

Je me trouvais derrière une haie lorsque le buste d'une femme, vêtue d'une veste noire sur une chemise claire au col fermé par un nœud papillon, est apparu dans l'encadrement de la fenêtre entrouverte, au rez-de-chaussée. La lumière d'un halogène creusait les angles de son visage fardé. Elle tenait une laisse dans une main et un martinet dans l'autre avec lequel elle menaçait un chien qui devait marcher près d'elle et dont j'entendais les couinements.

— Non, tu n'en auras pas d'autre ! J'ai dit non ! Tu vas chercher ton nonosse et tu le ramènes à ta maîtresse. Après, on verra si tu as le droit d'avoir des caresses. Va chercher ton nonosse… Cherche… Cherche…

Je me suis hissé sur la pointe des pieds pour apercevoir le molosse. Il était haut comme un veau, gras comme une truie et presque totalement dépourvu de poils. Un collier noir à clous argentés ornait son cou. Si je ne distinguais pas son visage, l'affaissement des chairs me donnait à penser qu'il avait une bonne soixantaine d'années. À part le collier, il n'était vêtu que de deux paires de moufles en fourrure, aux mains et aux pieds, sur lesquelles étaient cousues de fausses griffes. Testicules pendants, ventre ballottant, il s'est mis à trottiner derrière la femme, puis il a grimpé laborieusement sur un canapé et fait sauter les coussins en tous sens à la recherche de son os. Dès qu'il l'a eu trouvé, il s'est mis sur le dos, les pattes agitées de tremblements et, en récompense, sa maîtresse, agenouillée près de l'accoudoir, a ouvert ses lèvres sur son sexe.

J'ai appuyé sur le bouton de la sonnette. Moins d'une minute après, la porte s'est ouverte, à son tour, sur la femme en noir, strictement lisse et bouche refaite.

— Bonsoir... J'aurais peut-être dû téléphoner... Je passais par hasard et je me suis dit que ça ferait plaisir à monsieur le maire que je lui donne signe de vie...

Un petit voile ironique a humanisé son regard.

— Il finit de prendre son bain, là-haut. Vous êtes l'un de ses amis ?

— Jean-Luc Mestrem... Nous étions ensemble à l'école. Et à la chorale... Il chante toujours ?

Je l'ai suivie. Elle s'est assise sur le canapé et je me suis posé sur le tabouret du piano tandis qu'elle allumait une cigarette.

— Nous n'avons pas tout à fait les mêmes goûts musicaux. De l'avis des amateurs du style yé-yé, il chante divinement. Les fans de La Callas sont plus réservés.

Elle a comblé les minutes suivantes en passant le répertoire de son mari en revue.

— Avant d'être élu, il participait à tous les radio-crochets dans la région, et je lui dis souvent que c'est à cela qu'il doit d'être devenu maire, plus qu'à ses projets pour Préval. Son plus grand succès, c'était *Aux jeunes loups*, de Jean-Claude Annoux, mais il faisait aussi un tabac avec *Même si je suis fou*, de Monty ou *Douce dame*, de Serge Latour... Celle-là, ça va encore, elle est romantique. Un slow d'enfer. Vous l'avez déjà entendue ?

La voix de Bernard Huriel, emplissant la cage d'escalier, ne m'a pas laissé le temps d'avouer mon ignorance. Il avait de beaux restes. Je me suis retourné pour le voir descendre les marches.

— *Je rêve souvent de vous*
Je rêve souvent de nous
Ma tête sur vos genoux
Douce dame...

« Salut, Jean-Luc. Je me demandais quand tu finirais par reprendre contact...

— C'est la question que tout le monde a en tête. J'enquête sur la mort des majorettes, pour le compte de leur mère... Si je vous dérange, vous me le dites, sans façons...

Il est venu prendre place près de sa femme.

— La gendarmerie fait son boulot. Ils connaissent bien le terrain. À force de quadriller, de recouper les informations, quelque chose va finir par remonter. J'ai cru comprendre qu'ils étaient sur la piste d'un Pakistanais... Tu crois que c'est bien nécessaire que tu t'en mêles ?

— Si ce malheur était tombé sur quelqu'un d'autre, je ne serais pas là. C'est la fille de Guillaume et de Viviane qui me l'a demandé... Je ne pouvais pas refuser. D'ailleurs, Troncar n'y trouve rien à redire. Il m'a ouvert ses dossiers.

Bernard a servi trois verres de pommeau de cidre, s'est soulevé de l'arrière-train pour m'en tendre un.

— Tu ne parlais pas beaucoup, au temps de notre folle jeunesse, mais tu promenais déjà sur les gens ce regard plissé, comme planqué derrière des meurtrières... En fouillant dans les papiers, tu as dû remarquer que j'étais le dernier à les avoir vues vivantes...

J'ai trempé les lèvres dans sa mixture, une sorte de pineau normand, par politesse.

— Oui, à part l'assassin... C'est ce que tu as déclaré et que Gérard a pu vérifier grâce à ses investigations... Il était près de 2 heures du matin, c'est ça ?

— Deux heures moins dix, exactement. J'étais venu en fin d'après-midi, pour assister à la parade, mais tu sais que tout a été annulé à cause de la flotte. Je n'avais pas l'intention de rester trop tard, sauf que j'ai été pris par l'ambiance... Chantal pourrait passer la soirée et la nuit à te raconter toutes les fois où elle a dû me traîner hors des salles de bal. Ce n'est pas son truc, les flonflons. Le problème c'est que moi, je m'y sens bien. Elle en a eu sa claque vers minuit, et elle a profité de la voiture de mon premier adjoint, Gilbert, pour rentrer.

La brillance d'un objet tombé derrière le piano a attiré mon attention. Je me suis penché pour identifier le collier que Bernard portait autour du cou avant mon intrusion. J'ai tendu la jambe, le pied, pour le faire glisser discrètement vers moi.

— C'est à toi, le break qui est garé dehors, près de la rivière ?

— Oui, je te vois venir. Les deux seuls témoins oculaires, le type qui avait emprunté un bull et l'autre qui rentrait en mobylette chargé comme une mule décrivent une carrosserie très approchante. Il y a juste un hic…

— C'est ça qui est formidable, qu'il y ait toujours un « hic ». Le « hic », ça tique, ça pique, c'est le piment de la vie…

Il a fait comme si je n'avais rien dit.

— Ce jour-là, ma bagnole était en révision. Un rappel technique de tous les exemplaires de ce modèle par Renault, pour un problème de servofrein. Je roulais avec la Corsa de Chantal qu'on peut difficilement confondre avec un break. Pour en revenir à la fête de Stanval, je me revois quitter le bal et lever les yeux vers le clocher de l'église où les aiguilles marquaient deux heures moins dix. J'ai marché jusqu'à la Corsa qui était garée sur le parking de l'ancienne station-service, à l'amorce de la route de Blanchois. À un moment, j'ai entendu des rires, des petits cris étouffés. Je me suis approché. Les deux filles Borain, en costume de majorettes, étaient en train de se faire tripoter par des gamins de leur âge que je n'ai pas reconnus, qui ne se sont pas présentés à la gendarmerie, et qui n'ont pas été retrouvés. Un quart d'heure plus tard, je me glissais dans les toiles. Tu peux aller demander confirmation au garagiste, tu le connais, c'est Francis Dorneau…

Effacé, le Dorneau, depuis des lustres ! Pourtant, son physique de môme souffreteux m'est revenu en mémoire, avec son surnom, à l'instant où Bernard a prononcé son patronyme.

— Francis le bègue ?

— Bègue si on veut : à mi-temps, seulement… Dès que le père Germain levait sa baguette, à la chorale, il articulait comme toi et moi. Il aurait dû vivre dans une comédie musicale, personne ne se serait rendu compte de rien !

Sa plaisanterie m'a fait penser à Gilles, le frère des deux gamines, qui lui aussi ne parvenait à articuler qu'en posant ses mots sur des notes. J'ai planté mon verre à moitié rempli sur le tas de partitions et je me suis baissé pour ramasser le collier clouté.

— Vous avez un chien ?

Monsieur le maire a été pris d'une quinte de toux très opportune, et c'est Chantal qui a eu assez d'à-propos pour planquer les secrets du couple.

— On en avait un... Il est mort le mois dernier, de vieillesse... Ses affaires traînent encore un peu partout dans la maison.

Le ton était d'une totale justesse, un piège à compassion.

— Je suis vraiment désolé, je ne pouvais pas savoir... D'après la taille du collier, ça devait être un drôle de morceau... C'était quoi, comme race ?

C'est lui, cette fois, qui a répondu.

— Un saint-bernard.

La silhouette du vieux moulin éclairé par le dernier croissant de lune cadrée dans mon rétroviseur, je suis reparti en me disant qu'avec une femme de cette trempe, le maire de Préval n'avait pas besoin d'assurance sur la vie. À la maison, j'ai ouvert une boîte de sardines millésimées et une autre de lisettes rapportées d'un voyage à Concarneau, dix ans plus tôt, conserveries du Chien Jaune, et dont la date limite de consommation concernait la fin du millénaire précédent. Elles n'en étaient que meilleures, presque confites dans leur huile d'olive, et je les ai mangées à même les barquettes en allant récupérer les filets à l'aide de lichettes de pain frais. La bouteille de riesling qui tenait compagnie aux poissons a rendu l'âme, une goutte pour une note, sur le *See See Rider* d'Ella Fitzgerald. Que du bonheur. Quand je me suis réveillé, il faisait nuit.

J'ai attendu le lever du soleil dans ma tour en découpant tous les articles de journaux que j'avais pu rassembler, puis je les ai glissés dans les pochettes transparentes d'un classeur avec, dans les marges, des notes manuscrites sur les personnes photographiées ou citées que j'avais eu l'occasion de rencontrer. Je procédais souvent de cette manière, au boulot. J'étalais tous les clichés pris lors d'une série de filatures, et j'écrivais des légendes de quelques lignes à propos de choses vues ou ressenties au cours de la traque, des petits riens qui sinon s'effacent pendant le sommeil, et qui vous manquent sans même que vous le sachiez.

Le vent soufflait du nord en m'apportant l'écho de la première volée de cloches d'un village de l'intérieur des terres, Jonzeau. Pendant ces mois de solitude, mon oreille s'était faite aux timbres des différentes églises. Je savais reconnaître celles que l'on avait équipées d'une minuterie et d'autres au rythme plus imparfait où des bras mettaient ce monde de bronze en mouvement, et pour lesquelles il fallait attendre que s'accorde le balancement du marteau sur les parois. On devinait l'humain dans les résonances.

Je me suis décidé à ouvrir toutes les lettres entassées dans le tiroir de la commode. Une masse de justificatifs bancaires, des formulaires de retraits automatiques pour l'eau, le gaz, l'électricité, le téléphone, des formulaires du ministère des Anciens Combattants pour la prise en compte de mes états de service en Algérie dans le calcul de ma retraite, une loterie me félicitant de figurer sur la liste des euromillionnaires en puissance, un mot de Viviane Lanster, trois lignes griffonnées à la hâte le jour même de la découverte des corps de ses petites-filles au bas de la falaise et m'implorant de venir à son secours. Je suis sorti, avec dans la tête des perles de cimetière.

J'ai marché jusqu'au carrefour du pilori, sous le crachin, et je m'apprêtais à prendre un chemin de traverse quand un break de marque Ford a pilé à la hauteur de la colonne de pierre. L'une des vitres embuées s'est abaissée pour laisser apparaître un visage carré, éclairé par deux yeux malicieux.

— Salut, Jean-Luc. Tu me remets ?

Cette fois encore, en une fraction de seconde j'ai fait un bond d'un demi-siècle dans le passé. Je ne ressentais ni plaisir ni nostalgie, mais cette sorte de gêne angoissée des matins où l'on sort de l'entre-deux d'un songe, et où l'on tente de retenir à soi les disparus avec lesquels on conversait, on riait, on jouait, on faisait l'amour. Je me suis approché de cet autre souvenir d'enfance.

— Roger Tarmin… Tu es toujours là, à Préval ? S'il y en a un que je ne m'attendais pas à revoir, c'est bien toi. Tu n'es pas parti en Alaska ?

Il a passé une main sur ses cheveux coupés en brosse.

— Tu te souviens de ça ? Tu es trempé. Monte, c'est ouvert…

Avec lui, en ces temps sans télé, ce n'était pas la peine d'aller au cinéma. Grâce à la magie de son verbe, l'espace clos de la cour de récréation se hérissait de montagnes, de défilés, les roues des chariots s'enfonçaient dans la neige épaisse, les hurlements des loups faisaient courir des frissons sur notre peau, on franchissait des rapides accrochés à des radeaux de fortune, le directeur d'école prenait le masque grimaçant du bandit, du traître, et dans le sous-sol blanchâtre de Normandie qu'éclairaient nos regards fous, brillaient soudain les veines aurifères, les cavernes de diamants. La dernière année avant mon départ, il promenait un chien doux au regard bleu, un husky, en rêvant aux attelages que Jack London, fouet à la main, sifflement aux lèvres, dirigeait sur les étendues glacées du Klondike.

— Je te dépose devant chez toi ? C'est sur mon chemin.

J'en étais parti pour me fuir, un quart d'heure plus tôt et je n'avais pas encore envie de me retrouver.

— Non. Je vais t'accompagner un bout, si tu ne vas pas trop loin et que ça ne te dérange pas…

— Normalement, je ne devais pas bouger de la journée, mais un collègue m'a téléphoné. Il doit s'absenter en fin de matinée. Je prends son service pendant deux heures… Tu sais, si je ne suis pas devenu chercheur d'or, je fais un des autres boulots qu'aimait bien le grand Jack… Je suis marin…

La route a basculé d'un coup vers la mer. Des dizaines de camions, d'engins de chantier, crapahutaient sur l'immense vis de bitume creusée dans la falaise ainsi que sur la digue sans fin où venaient s'amarrer les tankers. Sur la droite, j'ai aperçu la Croix aux Veuves. C'est de là que le meurtrier avait balancé les corps des deux majorettes. Roger Tarmin a pointé le doigt sur l'horizon. On distinguait la masse immobile d'un pétrolier.

— C'est lui là-bas, le *Finnegan*, qu'il va falloir que je rentre… Tu peux monter à bord, si ça te dit…

Il est venu garer son break près d'un remorqueur de haute mer, une *Abeille* dont la coque s'ornait d'un chiffre en lieu et place du nom : *32*. Roger m'a tendu un gilet de sauvetage et présenté aux huit membres de l'équipage tandis que je me harnachais. Des creux de deux mètres agitaient la mer, et le capitaine m'a demandé d'observer la manœuvre depuis la cabine de commandement, avec la radio qui crachotait les ordres en permanence. L'*Abeille* gigotait comme une toupie devant la paroi métallique abrupte du *Finnegan* dont les matelots, au bastingage, venaient de se saisir des filins auxquels était arrimé le câble de remorque. Dès que les navires ont été solidaires, le treuil s'est mis en mouvement, entraînant insensiblement la masse du supertanker vers la passe. La manœuvre avait duré moins de deux heures. De retour au quai, Roger m'a invité à manger un morceau dans un ancien café de pêcheurs où défilaient toutes les solitudes en escale du monde. Nous nous sommes partagé un plat de seiches grillées arrosées d'une sauce à l'ail, une bouteille d'aligoté, et pendant tout le repas, sans se départir de sa bonne humeur, il m'a raconté les accidents survenus à la lignée des remorqueurs de la dynastie des *Abeille* depuis leur mise en service. Son verbe n'avait rien perdu de sa puissance évocatrice et, entre deux coups de fourchette, j'assistais au naufrage de l'*Abeille IX*, éventrée par le *Normandie*, à l'éperonnement de l'*Abeille IV* par l'*Atlantic*, à la mort d'un marin dans le chavirage de l'*Abeille 16*. Il m'a laissé à la sortie de Préval, près de l'enfilade de fermes, et c'est en le quittant que je me suis rendu compte que je ne lui avais pas dit un mot de mon enquête. Il a retenu ma main dans la sienne.

— On se verra peut-être samedi à la fête votive de Fréville… La chorale et la troupe de majorettes font le déplacement. Ma petite-fille en fait partie. C'est elle le capitaine. Tu n'étais pas au courant ? C'était annoncé hier dans le journal.

— Je n'ai pas encore fini de lire ceux de la semaine dernière !

À la maison, j'ai posé une galette argentée dans le lecteur. Des thèmes arabo-andalous tamisés à Fès par Azzedine Alaoui-Addach, et chantés par une confrérie soufie. Tangage et roulis, flux et reflux, sac et ressac. C'est sur l'accélération rythmique de Al Khamra, « Abreuve-toi du vin des Gens de lucidité, tu verras des merveilles », que la tempête s'est déchaînée. J'avais eu le pied vaillant sur la *32*, et elle s'est vengée à retardement sous la forme d'un mal de mer, peut-être bien de terre ou d'esprit, qui m'a envahi dès que je me suis allongé sur le canapé de la salle à manger. C'est de Nice curieusement, d'une rencontre de bar de ce pays sans marée, que je tenais la recette de la délivrance. Un jus de citron dans une chope, une mesure de Fernet-Branca, deux de Gueuse et autant de jus tiède de choucroute aigre. À part le bock et le citron, les ingrédients de la *choucroutas* me faisaient hélas défaut. Je me suis résolu à utiliser l'aristocratique méthode Lady D. qui consiste à se pencher au-dessus des chiottes et à se planter deux doigts dans la glotte. Au milieu de la nuit, le téléphone a longuement sonné. Sa plainte se confondait avec celle d'un chien qui hurlait à la mort, dans le lointain. Le matin du samedi, mon malaise s'était évanoui, avec pour seule trace une sensation de froid qui m'a obligé à rester sous les couvertures jusqu'aux cloches de 10 heures. Les mains gelées, j'ai décidé de faire l'impasse sur l'apéritif avec chorale, le discours de bienvenue du maire, et la prestation du Twirling Laredo Country Band par quoi débutaient les réjouissances à Fréville. J'ai déjeuné sous la verrière chauffée par un soleil d'automne aussi soudain que généreux.

Trois manèges, une baraque à gaufres et pommes d'amour, un stand de tir, une loterie à nounours, disposés en arc de cercle devant le parvis de l'église, délimitaient un espace sillonné par une petite foule dans laquelle éclataient les couleurs des majorettes et brillaient les cuivres des musiciens. Les rouleurs de mécanique du village, entre deux tirs ajustés sur des pipes en terre ou des ballons flottants, regardaient d'un air suspicieux un groupe de matelots malais en perdition assis sur le trottoir métallique des autos tamponneuses. Je suis resté à l'écart. J'ai d'abord vu passer l'abbé Bronier accompagné de Lucien Merlot, l'organiste, puis plus tard, le capitaine Troncar, la main sur l'épaule de Jeannot Lamoutarde qui avait délaissé les fourneaux de sa roulante et sa portion de nationale abandonnée. Anne-Cécile conversait avec Roger Tarmin, près des avions pneumatiques, et la petite-fille du marin, la jeune rousse autoritaire qui dirigeait les répétitions d'*Où sont les femmes*, les écoutait en lorgnant sur les garçons croisant dans ses eaux. Le maire est passé à son tour, sans laisse ni collier, suivi par Francis, le mécano bègue dans sa salopette frappée du sigle Renault. Près de moi, une gamine tirait sa mère par la manche :

— Maman, donne-moi un euro de franc pour m'acheter de la barbe à papa…

Sur le coup de 15 heures, les uniformes disparates se sont ordonnés devant la mairie, puis la parade alternant les troupes de majorettes et les fanfares a fait le tour du village, avec un arrêt de quelques secondes respectueuses devant le monument aux morts. Le défilé a drainé une partie des clients près des manèges, l'autre jusqu'à l'entrée de la salle des fêtes pour le bal latino de *Hijo del Diablo*. Le chanteur, normand, baragouinait avec conviction son espagnol de contrebande. Tignasse brune, béret incliné et barbe mal taillée, il avait voulu se faire la tête de Che Guevara, mais ressemblait davantage à un abbé Pierre jeune. J'ai passé l'âge de m'agiter le squelette en cadence, et j'ai réservé toute mon énergie pour jouer des coudes dans la sardinade géante qui précédait le programme de la soirée. À un moment, l'abbé Bronier et Lucien levaient des filets grillés à la même table que moi, et j'ai surpris deux ou trois regards complices lancés à la dérobée. Je me suis dit que quelque chose se tramait quand une lueur identique a brillé dans les yeux de Chélin, le patron du restaurant Chez l'Autre, venu trinquer avec moi en souvenir du temps passé.

À 21 heures, la moitié des habitants de Préval se pressaient devant le podium pour soutenir leur chorale disposée en arc de cercle, chemises blanches et pantalons noirs sur fond de scène bleu à paillettes. L'abbé s'est approché du micro. Il a attendu que le silence se fasse et annoncé que le premier morceau, un standard des troupes de majorettes, avait été choisi pour rendre hommage aux gamines disparues. Lucien a enchaîné à l'orgue électrique, tempo lent, sur les premières notes de *When the saints go marching in.* Les voix, contenues, se sont posées sur la mélodie au rythme brisé, et l'hymne d'ordinaire sautillant a pris des allures de requiem. L'émotion est devenue pratiquement palpable lorsque Gilles a fait un pas en avant pour interpréter le dernier couplet *a capella* : « *And when the Lord is shakin'hands…* ».

Trois autres morceaux ont suivi, l'inévitable *Je chante* de Trenet, un *Choros* de Villa-Lobos, le *Maria* de Bernstein, et Lucien Merlot a saisi le moment où je m'apprêtais à sortir prendre l'air pour réclamer l'attention de l'assemblée.

— Cela fait maintenant trente années que je m'occupe de la chorale de Préval, et je reconnais chacun des habitants du village avant même de l'avoir vu, au timbre de sa voix. Je crois, et monsieur l'abbé Bronier devrait être de mon avis, que nous n'avons jamais eu une formation de la qualité de celle que vous venez d'écouter. J'ai donc décidé de me retirer en pleine gloire d'autant qu'à bientôt soixante-cinq ans, il est plus que temps de passer le relais ou plutôt la baguette… J'avais averti plusieurs camarades de mon intention. Ils m'ont fait l'amitié d'être présents ce soir. Il y a un demi-siècle, nous étions à la place de ces jeunes gens dans la chorale que venait de créer l'abbé Germain. L'idée nous est venue de la reformer ce soir, exceptionnellement… J'appelle monsieur le maire, Bernard Huriel, le capitaine Troncar, Francis Dorneau, l'as de la carburation, Jean Lafourtarde ainsi que son concurrent aux casseroles Hubert Chélin, le saint-bernard des mers Roger Tarmin…

Ils sont tous montés sur l'estrade à l'appel de leur nom, puis cinq autres sexagénaires dont j'avais oublié jusqu'au souvenir les ont suivis. J'ai cru que j'allais y échapper, mais Lucien me gardait pour la bonne bouche.

— Le plus doué d'entre nous a longtemps cru qu'il pourrait se tenir à distance des séductions de Préval, mais il a fini par y revenir… J'ai nommé Jean-Luc Mestrem…

J'ai affiché un sourire de circonstance, et je suis venu prendre ma place au centre de la photo de classe. L'abbé Bronier nous a distribué les paroles d'une chanson tandis que Lucien dépliait ses doigts au-dessus du clavier. J'ai lu la première ligne et chacun des vers m'est revenu en mémoire, dans l'instant même où la musique s'élevait. L'ensemble s'est accordé, comme par miracle.

Village au fond de la vallée
Comme égaré, presque ignoré
Voici qu'en la nuit étoilée
Un nouveau-né nous est donné…

À la fin du couplet, l'abbé m'a adressé un signe de tête. Je me suis avancé comme Gilles, pour le solo :

Une cloche sonne, sonne
Sa voix d'écho en écho
Dit au monde qui s'étonne
« C'est pour Jean-François Nicot »…

Le dernier couplet a été repris par une bonne moitié de salle. Dans la foulée, les applaudissements ont crépité, accompagnés par le rituel « Une autre » scandé sur l'air des lampions. J'ai soulevé le rideau pailleté et je suis descendu par l'arrière du praticable, vers les vestiaires transformés en loges où patientaient les musiciens de *Hijo del Diablo.* Trop de choses venaient de remonter à la surface, d'un coup. Je ne faisais pas partie de leur monde. J'ai acheté une poignée de plombs, au stand de tir. J'ai commencé à dégommer des pipes et des ballons, à coucher les figurines en mouvement. Le forain m'a tendu une bouteille de clairette plus un énorme schtroumpf empaillé que j'ai refilé au premier môme qui passait à ma portée. J'ai fait sauter le bouchon, à l'abri dans ma voiture. J'ai bu le pétillant au goulot, le cou plein de mousse, avec une réédition des *Comedian Harmonists* dans le lecteur.

Le crépitement de la pluie sur la carrosserie m'a réveillé, et aussitôt le froid m'a saisi. Plus loin, la fête se terminait, on démontait, on remballait. Quelques groupes d'attardés tentaient d'assurer leurs trajectoires vers les véhicules garés sur le bas-côté. À un moment, j'ai cru reconnaître la silhouette de Gilles, le petit frère des gamines assassinées. Il était accompagné d'un homme. Je les ai vus grimper dans un break de couleur sombre stationné à hauteur de la plaque émaillée, barrée d'un trait en biais, qui marque la sortie de Fréville. Je m'attendais à ce que la voiture déboîte, s'éloigne, mais elle est restée immobile une, puis deux minutes, tous phares éteints. J'ai coupé l'alimentation du plafonnier, j'ai ouvert la porte côté passager, sans faire de bruit. Je me suis laissé glisser dans le fossé. J'ai progressé, courbé, de l'eau aux genoux, jusqu'à l'arrière du break. J'ai pris appui sur le pare-chocs pour risquer un regard dans l'habitacle. Le gosse à la voix d'or était nu sur la banquette dépliée. Il tournait le dos au type qui s'était contenté de déboutonner sa braguette. L'écœurement de la veille, le gras des sardines, le tiède du mousseux, tout a jailli d'un coup vers le ruisseau. Je dégueulais encore quand je me suis jeté sur Lucien Merlot, en hurlant, et que j'ai commencé à le rouer de coups. Je crois bien que je l'aurais tué si le môme ne m'avait pas supplié d'arrêter en s'accrochant à mes bras. Il s'est rhabillé pour aller se blottir à l'arrière, près de l'orgue démonté. Je ne sais pas pourquoi, mais ce qui m'est venu en tête, à ce moment-là, c'est la photo de Brigitte Bardot posant pour *Cinémonde*, et la trempe que Lucien avait mise à Troncar, dans le bunker, pour me défendre. Je n'ai pas eu besoin de le frapper à nouveau pour qu'il me balance son histoire. La manie des petits garçons s'était emparée de lui assez tôt. Il ne savait plus s'il avait pris la direction de la chorale pour assouvir ses pulsions, ou si c'est la fréquentation des gamins d'avant la mue qui l'avait fait succomber.

J'ai désigné le petit-fils de celui qui m'avait sauvé la vie en Algérie.

— Depuis combien de temps ça dure avec lui ?

Il a reniflé, s'est essuyé la bouche d'un revers de la main.

— Un an, pas plus…

La phrase suivante est venue dans ma bouche sans que je sache d'où elle venait et où elle menait.

— Tu t'es fait ses deux sœurs en prime, c'est ça ?

Il a écarquillé les yeux.

— Non ! Je ne les ai pas touchées… Je ne les ai pas violées… Je te jure que c'est un accident… Elles m'ont surpris, il y a des mois de ça, dans les lavabos de la salle de répétition… Je leur ai proposé de l'argent, pour qu'elles se taisent, mais après c'était toujours plus… Je ne pouvais plus fournir… C'est elles qui m'ont coincé…

J'ai entendu des pas derrière moi, des rires dans l'obscurité. Des fêtards, une petite dizaine, sont passés devant une fenêtre éclairée et j'ai reconnu le capitaine Troncar, Tarmin, le mécano et Jeannot Lamoutarde. Avant qu'ils arrivent à notre hauteur, j'ai demandé à Merlot :

— Comment tu as pu en arriver là ? Bon dieu, mais comment !

Il s'est effondré d'un coup. Au travers de ses sanglots, j'ai réussi à comprendre quelques mots.

— Quand j'étais môme, à la chorale, c'est moi qui étais à la place de Gilles…

J'ai fait semblant de n'avoir pas compris. J'ai soulevé le gamin dans mes bras. En marchant à la rencontre de mes copains d'enfance, une autre phrase venue de bien trop loin restait bloquée entre mon cerveau et mes lèvres.

— Moi aussi il m'a enculé, le père Germain. C'est pas pour ça que je suis devenu une ordure.

J'ai simplement dit :

— Juste un paumé…

LA PÉNICHE AUX ENFANTS

À Willy Ronis

Dès notre première rencontre, j'avais choisi l'Ourcq comme paradis. Aussi loin que je remonte dans les souvenirs heureux, il y a toujours des images d'eau, des feuillages, des chants d'oiseaux. L'odeur du bonheur, c'est un parfum de terre mouillée, de feuilles brassées par les remous de bord de berges, c'est la chair tendre des jeunes herbes que je fais glisser de leur fourreau, entre mes dents. C'est le reflet ovale d'un pont de pierre troublé par le sillage d'une sarcelle, d'un colvert. À la maison, mes parents n'avaient rien à se dire, mais ils ne trouvaient pas les mots pour le dire, seulement des cris. Quand ils couvraient le bruit de la télé, je sortais en claquant la porte, je traversais le quartier par le raccourci du petit bois de la mairie pour arriver droit sur le pont du Vert-Galant. Il suffisait de descendre le long du chemin de terre pour que la rumeur obsédante de la circulation des trains, des voitures s'atténue, et qu'elle abandonne progressivement l'espace aux pépiements, aux clapotis, aux bruissements. Encombré de mon histoire, de mes colères, je marchais tête baissée, insensible à ce monde nouveau qui m'entourait, puis à l'approche des écluses, la quiétude me gagnait. Je venais m'asseoir sur le talus, une branche souple de noisetier à la main, et je fouettais l'herbe en attendant qu'une péniche se présente en amont ou en aval des vannes. Je lisais les noms, les ports d'attache, sur les coques, je rêvais aux pays du Nord résumés en deux, trois couleurs sur les drapeaux battus par le vent. Les embarcations, engoncées dans les eaux noires jusqu'à la ligne de flottaison, amenaient du grain aux moulins de Pantin, des sables, des graviers aux tours à béton du quai de la Gare ou d'Aubervilliers, du sucre aux usines à bonbons de Bobigny. Quelquefois des enfants couraient sur les tôles bombées et ondulées recouvrant la cargaison. Ils interrompaient leurs jeux à l'approche de la manœuvre, guidaient le père qui s'engageait dans le chenal, secondaient la mère qui rassemblait les cordages. Il n'y avait pas de rires, juste des ordres brefs, des gestes calculés, mais je les enviais tandis que leur bateau montait dans le grand remuement d'eau, le feulement des écluses.

Un jour, l'une des portes s'était bloquée à mi-mouvement et l'on avait fait venir des hommes-grenouilles de Villeneuve-la-Garenne qui avaient sorti une carcasse de gazinière du lit du canal. L'incident m'avait rapproché d'un vieux pêcheur de gardons. Il m'avait confié qu'il était retraité de la batellerie, puis m'avait expliqué que les deux plongeurs étaient les descendants d'une impressionnante lignée de scaphandriers. Ils vivaient, disait-il, dans une péniche en bois qu'ils avaient halée dans une tranchée creusée sur la rive, face à l'Île-Saint-Denis. L'équipement de leur ancêtre, un matériel Denayrouze de 1907, trônait à l'entrée de leur refuge. Le casque de cuivre à hublot, la pèlerine en caoutchouc, les chaussures à semelles de plomb, les tuyaux de conduite d'air, la boucle en bronze équipée d'un glaive à manche de bakélite étaient surmontés d'une planche de bois sur laquelle on avait gravé ces simples mots : « Sois fier de tes parents, essaie de leur ressembler. »

Il n'avait pas compris pourquoi j'avais haussé les épaules.

Nous nous étions revus un matin, moins d'une semaine plus tard. Il hurlait à l'adresse d'une embarcation qui venait de passer à pleine vitesse, le bas du pantalon trempé par les vagues du sillage qui déferlaient sur la berge, brouillant les lignes. Comme le moteur couvrait les protestations, le nez du plaisancier gardait le cap. Je me suis assis sur une borne qui marquait la naissance d'un parcours du cœur aménagé dans le parc de la Poudrerie. Les mots sans importance entraînant les confidences, il n'était pas midi qu'il savait tout de moi. Lui me parlait des mariniers qui le saluaient en passant, des ports céréaliers de Jouarre, de La Ferté-Milon, des hauts-fourneaux de Trith-Saint-Léger, de Denain, des auberges riveraines et des éclusières accueillantes. J'ai fini par lui confier que je n'avais jamais mis le pied sur une péniche, même pas sur l'un des Canauxrama bariolés qui charriaient des touristes entre le bassin de la Villette et la cathédrale de Meaux. Il s'est levé, plantant là son matériel, m'a pris par la main.

Il m'a forcé à le suivre jusqu'aux écluses, se faisant fort d'organiser sur l'heure mon baptême de navigateur. La deuxième embarcation montant sur Paris, *La Wazemmes*, était gouvernée par l'un de ses anciens patrons, Milou, qui accepta de me prendre à bord jusqu'au terme de son convoyage, au cœur de Paris. Sitôt le chenal franchi, il laissa la barre à sa femme, Marlène, impatient d'aller surveiller la carbonade qui mijotait dans la cambuse, sous le poste de pilotage. J'ai marché le long du bastingage pour venir me placer à l'aplomb de l'hélice. J'ai essayé de reconnaître les paysages qui défilaient lentement devant mes yeux, à la manière d'un interminable travelling, et que je voyais d'habitude au travers de la vitre embuée d'un train de banlieue. Les rideaux d'arbres, la végétation dense de l'été métamorphosaient les usines, les friches, les cités. J'avais l'impression de découvrir la gare de Freinville, le pont de Bondy, le terminus Picasso. Nous avons mangé les morceaux de bœuf noyés dans la sauce noire, accompagnés de frites épaisses, cuites à la poêle, en traversant le parc de la Villette. Plus tard, j'ai rejoint Marlène dans la cuisine, et elle m'a expliqué quelques rudiments de conduite, me laissant même tenir la barre sur une centaine de mètres dans le bassin né de la jonction des canaux de l'Ourcq et de Saint-Denis.

Après l'Hôtel du Nord, Milou m'a demandé de descendre avec lui dans la cale pour me montrer la mystérieuse marchandise que *La Wazemmes* transportait. Les hublots jetaient une lumière diffuse sur des centaines de caisses en bois empilées de part et d'autre d'une allée centrale. Nous nous sommes approchés d'une des boîtes dont le côté, de un mètre sur deux, était repéré par une suite de lettres et de chiffres. Il a soulevé le couvercle à l'aide d'un pied-de-biche, et je me suis hissé sur la pointe des pieds pour découvrir le trésor. Incrédule, j'ai écarquillé les yeux pour me convaincre de ce que je voyais. Je me suis tourné vers Milou.

— Je ne comprends pas, c'est des livres ! Qu'est-ce qu'il y a dans les autres caisses ?

— La même chose… Tu t'attendais à quoi ? Ce sont des collections d'ouvrages rares qui étaient depuis des dizaines d'années dans des entrepôts du nord de la France. Une fois par mois, j'en amène une pleine cargaison à la Très Grande Bibliothèque qui s'est ouverte en bord de Seine, sur le quai de la Gare…

Il a sorti plusieurs volumes reliés, aux tranches rehaussées d'or, avant de les poser à plat sur le couvercle. Je lus quelques titres, *La Route des Indes et ses navires,* de J. Poujade, *Histoire de la Marine française,* de C.G. Bourel de La Roncière, *Collection des lois maritimes,* de J.-M. Pardessus, pour finir par feuilleter un petit livre sans mention d'auteur intitulé *Rivières et Canaux de Paris et des environs.* Milou se pencha au-dessus de mon épaule.

— J'ai appris plein de choses sur l'Ourcq là-dedans. Pourtant cela fait plus de trente ans que je vis dans son lit ! Je savais que le creusement avait été décidé par Napoléon pour approvisionner Paris en eau, mais j'ignorais par exemple que les premiers ouvriers étaient des soldats autrichiens faits prisonniers à la bataille de Wertinger.

Il est remonté, à l'appel de Marlène, en me demandant d'être gentil de refermer la caisse quand j'aurais fini de lire. Je ne sais pas ce qui m'a pris, j'ai glissé le livre sous ma chemise, bloqué par ma ceinture. J'ai grimpé l'escalier à mon tour, puis j'ai insisté pour quitter la péniche à hauteur de l'hôpital Saint-Louis. Depuis l'écluse, j'ai regardé *La Wazemmes* s'éloigner et disparaître sous la voûte obscure qui menait à la Seine, de l'autre côté de la Bastille.

À la maison, j'ai caché le livre dans le dernier tiroir de la commode, sous les chaussettes. Je l'ai lu et relu le soir quand, après les cris, tout était redevenu calme. Le canal a fini par prendre la forme des lignes imprimées. Je n'osais plus aller me réfugier sur les berges, de peur de rencontrer le pêcheur, de croiser *La Wazemmes*, d'être traité de voleur. Les vacances prenaient fin quand je me suis décidé à traverser Paris jusqu'à la Très Grande Bibliothèque. J'ai monté les escaliers battus par le vent, je suis entré dans la première tour vitrée, et j'ai déposé le livre sur le comptoir de l'hôtesse avant de m'enfuir à toutes jambes.

Depuis, je reviens chaque matin au bord de l'Ourcq. Je dévisage les pêcheurs, je scrute les noms des péniches sur les coques. En vain.

Devant moi les écluses libèrent leurs eaux, comme un livre ouvert offre ses mots.

UN PÈRE NOËL SANS CERVELLE

Quand, au hasard d'une conversation, quelqu'un, dans le quartier, évoquait la mémoire du père de François, il ne l'appelait que « le Jardinier » ou « le Fleuriste ». Jamais « le Père Noël ».

Pourtant, François se mettait à hurler.

François était né sous le signe de la rose, pendant l'orage qui noyait la Bastille, la nuit du 10 mai 1981. Quand il avait franchi la ligne, question imbibition, le patron du Chien qui fume lui rappelait son état civil :

— C'est pas parce que tu as eu ton comptant de flotte le jour de ta naissance qu'il faut que tu passes le reste de ta vie à diluer !

François se contentait d'un vague sourire. C'était l'exemple du type sympa. Il acceptait tout avec le même sourire, sauf quand la conversation flirtait avec les programmes de fin d'année et son inévitable homme en rouge. Il fallait le retenir, dans la rue, pour qu'il ne se jette pas sur la première houppelande, qu'il ne disperse pas les jouets de la hotte à coups de pied, qu'il n'arrache pas les polaroids des mains des photographes d'enfants. Il avait beau chercher dans ses souvenirs, et bien qu'on le surnommât « le Jardinier » ou « le Fleuriste », aucune image bucolique ou tendre de son géniteur ne remontait à la surface. Il l'avait très peu connu, en fait : son père n'avait pas vécu assez longtemps pour voir la fin du premier septennat de l'homme auquel il avait emprunté le prénom pour baptiser son fils.

Son dernier jour, et plus précisément l'ultime seconde de sa présence sur cette terre, occupait tout l'espace de la mémoire filiale. Le reste avait disparu dans l'angle mort de la pensée.

Quand elle s'imposait à son esprit, quand une phrase maladroite la convoquait, François fermait les yeux, comme on crisse des dents, pour détruire l'image de cet instant sans jamais parvenir à la conjurer. Les soirs de grand calme, il tentait de retrouver quelques scènes paisibles dans le décor encombré du trois pièces de la cité Gémier dont les fenêtres donnaient sur la colline de Montmartre et le gâteau neigeux du Sacré-Cœur. Il savait qu'ils étaient là, à portée de mémoire, mais rien n'y faisait : les cris revenaient en rafales, et il ne parvenait pas à distinguer s'ils sortaient des amplis des télés ou de la bouche des siens. Ça criait, c'est tout.

Il ignorait ce que faisait exactement l'auteur de ses jours, ou plutôt de cette nuit permanente dans laquelle baignait son existence. Il ne le voyait travailler qu'à de très rares occasions dictées par la germination, les montées de sève ou les floraisons. De rares amis de son père lui avaient raconté que, vendeur de houx à Notre-Dame-des-Vertus en début d'année, il patientait jusqu'à Pâques pour remettre ça avec les Rameaux, devant la basilique royale de Saint-Denis, avant de faire une razzia de coucous dans le secteur d'Ory-la-Ville aux premiers rayons printaniers. Trois semaines durant, à la maison, les queues de jonquilles trempaient dans les solutions colorées qui irisaient les pétales, les corolles de bleu, de vert, de violet, de rouge sang. À peine remis de ce surmenage, il lui fallait batailler ferme sur la place de la Mairie, le 1er Mai, pour décorer son bout de bitume avec les clochettes parfumées qui poussaient dans une réserve de chasse, vers Senlis, qu'il allait piller nuitamment. Il rapportait aussi, à l'occasion, des champignons et du lapin de ses expéditions à Mortefontaine. « Le Fleuriste », lui confiait-on, faisait ensuite un break.

Il ne reprenait du service qu'en novembre, en fourguant à la sauvette les chrysanthèmes raflés, la nuit, sur les tombes du cimetière parisien de Pantin et trop précocement honorées par des parents pressés de se lancer sur les routes glissantes de la Toussaint. Alors que s'installaient les frimas, « le Fleuriste » lorgnait chaque jour davantage sur la penderie fermée à clef qui abritait les bottes, la hotte, la fausse barbe, la houppelande. Mais il résistait à la tentation, ne sortant la panoplie ennuagée de naphtaline que dans la semaine précédant *Minuit chrétien.*

François n'avait jamais vu l'habit désincarné, sur son cintre. Il avait cru, au cours de ses cinq premières années, observant l'homme en rouge vaquer dans l'appartement, que le Père Noël faisait partie de la famille, comme l'oncle Henri qui couchait sur le canapé, entre deux séjours dans sa résidence secondaire de Fleury-Mérogis. Aussi, ne s'étonnait-il pas quand le vieillard à la barbe blanche le prenait par la main pour l'emmener rue Ferragus, devant le Prisunic, où les attendaient un tabouret et Tarzan, un ami de son père qui avait quelques compétences en photographie. Quand la foule se faisait par trop indifférente, il s'asseyait sur les genoux de l'ancêtre barbu pour susciter le désir des badauds, tandis qu'un coup de flash, à blanc, donnait le change.

Personne ne remarqua, ce 24 décembre 1986, à 5 heures du soir, les deux hommes qui traversaient les rues étoilées, qui entraient dans la succursale de la banque en se masquant le visage, qui pointaient leurs armes sur les employés… Il fallut que les chargeurs se vident sur les murs, qu'un caissier récalcitrant fasse résonner une alarme, pour que les têtes se redressent, que les yeux s'écarquillent. Une minute plus tard, les braqueurs firent irruption sur le trottoir, devant le Prisunic, le butin alourdissant leur fuite, alors que des flics en maraude prenaient position devant la poissonnerie, adossés aux amoncellements d'huîtres, de crevettes, de coquilles d'escargots obturées par du beurre persillé. La première balle fit éclater une fine-de-claire à l'instant précis où le photographe, tout à son art, appuyait sur le bouton de son flash en cadrant le Père Noël et son fils, manière de faire croire que le commerce était florissant.

L'un des policiers pivota par réflexe vers l'éclat lumineux qu'il prit pour la source d'un projectile tiré par un éventuel complice. Il lâcha trois balles, l'une vint se loger dans le cou de Tarzan, les deux autres firent éclater le crâne de l'homme en rouge. Le sang fut comme absorbé par la couleur de la houppelande avant que François sente couler sur lui une matière tiède et blanche.

Et de sa bouche sortit un cri qui plus jamais ne s'arrêta.

JEUNESSE, BANLIEUE DE LA VIE

Si l'enfance est le centre de la vie, la jeunesse est la première de ses banlieues. Une manière de s'éloigner tout autant que de contingenter. Et comme dans la géographie urbaine, un simple tour de périphérique suffit pour constater qu'aucune banlieue n'est semblable à une autre. De la Chapelle à Passy, de Montreuil à Saint-Cloud, les portes sont ouvertes en permanence. La ville n'est plus close, en apparence. Pourtant, des frontières beaucoup plus étanches que les anciens pointillés, sur les cartes d'Europe, régulent les mouvements. Certaines contrées sont plus propices aux adolescences attardées, d'autres vous précipitent sans retard dans l'âge adulte. Peter Pan demeure le contemporain d'Oliver Twist. De porte en porte, le temps de la jeunesse n'est pas égal pour tous.

Je ne connais de la jeunesse des rallyes mondains que des échos auxquels font pendants en stéréo ceux de la jeunesse des tournantes. Ce que je vois autour de moi dans le cadre sans fard du réel n'est pas un entre-deux. Beaucoup de ceux que je croise ont dans les yeux cette écharpe de rêve, ces nuages effilochés qui embrument le quotidien de fantastique.

Depuis deux ans, Francis passe la moitié de sa vie adossé à la vitre du restaurant, côté salle l'hiver, côté terrasse l'été. Au début, il parlait avec les cinq autres livreurs, mais depuis, il a pris l'habitude de rester branché sur sa musique. On lui tape sur l'épaule pour le prévenir que c'est cuit, il enfourne les pizzas dans la caisse fixée sur le porte-bagages de la mob, prend la feuille de route et passe son casque par-dessus les écouteurs. Il bosse le samedi et le dimanche, et en horaires décalés trois autres jours de la semaine, enfile les sens interdits, roule sur les trottoirs, indifférent aux gueulantes des piétons. L'avenir, pour le moment, est borné par sa roue avant. À vingt-deux ans, la seule chose qui l'obsède, c'est de mettre assez d'argent de côté pour s'arracher de chez ses parents, prendre un appart et vivre avec Laurent, un vendeur de chez Virgin qui lui fournit pas mal de CD empruntés au trust.

Nasser ignore que le quartier qu'il habite fait partie de ce grand ensemble diffus baptisé « Zones Urbaines Sensibles » où le chômage est passé à 25 % de la population dans le même temps où il tombait sous la barre des 10 % au plan national. Personne ne lui a expliqué, quand il était encore temps, qu'il pouvait y avoir un rapport entre ces chiffres et sa vie personnelle. Il était passionné d'informatique, d'exploits sportifs. Sa vie a basculé à l'entrée d'une boîte de nuit, en vacances, quand un « physionomiste » lui a tiré dessus. La balle a frôlé l'oreille, juste la sensation de brûlure, et ce bruit de tonnerre, surtout, qui n'est plus jamais sorti de sa tête. Il y a quelque temps, une fausse bouche de métro avait été édifiée sur la place de la mairie d'Aubervilliers, pour exiger le prolongement de la ligne de la Chapelle jusqu'au centre-ville. Une superbe imitation en style Guimard tout droit sortie d'un atelier de décors de cinéma. Elle est restée un mois en place, puis on l'a démontée. J'ai croisé Nasser. Il m'a pris à part, m'a montré l'emplacement vide.

— Il se passe de drôles de choses ici aussi : ils ont volé la station de métro de la mairie.

La dernière fois où j'ai entendu parler de lui, il avait cassé la vitrine d'un magasin. Chopé par les flics, un nom revenait sans cesse dans son délire, celui de Richard Durn, le tueur fou de Nanterre.

Stéphanie a toujours été fascinée par les mystères du corps humain. Son plus beau cadeau de Noël reste la panoplie de chirurgien trouvée au pied du sapin, pour ses dix ans. L'œil collé au microscope, elle observait une gouttelette de sang avec le même émerveillement qu'un astrophysicien découvrant une nouvelle planète. Soutenue par toute la famille, elle s'est accrochée au-delà du possible pour obtenir son bac, l'entrée en fac de médecine. Elle a perdu pied au bout de deux ans, et galère aujourd'hui dans une maison de retraite. La hargne la tient, elle sait qu'un jour, elle reprendra ses études. Elle prouvera qu'on avait raison de miser sur elle. Elle y parviendra. Il lui faut simplement dix fois plus d'énergie qu'à d'autres mômes nés près d'autres portes : les enfants de cadres supérieurs qui représentent 13 % des lycéens obtiennent 47 % des bacs de la série C. Les enfants d'ouvriers qui représentent 40 % de la même tranche d'âge doivent se contenter de 8 % de ces diplômes.

Lisa a toujours voulu ressembler aux filles de papier glacé. Il faut avouer qu'elle avait de sacrées dispositions pour ça. De longues jambes, une taille haute, une bouche amoureuse, des yeux infinis. Elle a ajouté un tatouage sur l'épaule, un diamant dans la narine et du volume à ses seins. Le monde de la nuit l'a toujours fascinée. J'ai eu peur pour elle quand elle approchait de trop près les sables mouvants. Hôtesse d'accueil, serveuse, barmaid, elle a fréquenté le monde du show-biz jusqu'à croire, un moment, que le tutoiement signifiait que les portes étaient ouvertes. Elle s'est présentée au casting du *Loft 2* mais n'a pas été retenue. Avec deux cents autres collègues, elle branche son casque et son micro à mi-temps pour répondre aux questions des abonnés d'un service de téléphones portables. Elle affine sa silhouette pour le casting du *Loft 3*.

Une guerre civile africaine a jeté la famille d'Abdul sur les récifs espagnols et de là sur les contreforts du bassin parisien. Ce qu'il avait vu là-bas avait fait de lui une bête sauvage. À l'école, personne ne pouvait comprendre que les seuls rapports que le monde avait entretenus avec lui étaient d'une violence inouïe, que ses agressions tant verbales que physiques n'étaient que préventives. Si on le regardait encore, c'était pour constater que la vitesse de la chute s'accélérait. Jusqu'au jour où une main s'est attardée sur son épaule, celle d'un éducateur qui aurait dû le virer du centre, à cause d'une centième connerie et qui, au lieu de lui parler du pays, lui a parlé de « son » pays, de « son » histoire, du continent africain, des griots, des poètes, d'Amadou Hampâté Bä, de Wole Soyinka. Abdul a fini par les lire, et s'y retrouver. Aujourd'hui, il écrit de drôles d'histoires, des contes africains de Seine-Saint-Denis dans lesquels les personnages traditionnels de son enfance, leurs croyances, percutent la vie des quartiers périphériques. Il commence à les lire dans les écoles. Il récolte en échange les centaines de sourires innocents qui, à un moment, lui ont fait défaut.

Je pourrais encore évoquer Bouba, un Burkinabé sans papiers dont je suis devenu le parrain républicain. Bouba qui, après le travail clandestin, vient apprendre la sculpture traditionnelle sur bois et sur coloquintes aux gamins du quartier du Landy. Je pourrais évoquer Coralie qui, de stage en stage, apprend son métier de journaliste, de Renaud aussi qui, à vingt-trois ans, vient de trouver son premier boulot « à durée indéterminée ». Qui n'y croit toujours pas. Je pourrais parler d'Aurélie, la copine de tous ceux-là, qui bâtit une thèse sur la banlieue nord et sa représentation au cinéma tout en s'occupant de la réinsertion de gamins aux destins partis en quenouille.

Je les regarde en me disant qu'un rêve peut garantir tous leurs rêves. Et ce rêve tient en un seul mot : égalité.

L'ÉGALITÉ DES CHANCRES...

Ça peut paraître idiot, mais ce matin-là j'étais assez fier d'étrenner mon nouveau cartable. Je n'aime pas les sacs à dos, surtout ceux avec des peluches, des fanfreluches, et il avait fallu fouiner dans les rayonnages du magasin pour mettre la main sur une sacoche assez grande pour contenir tous mes livres de cours, les cahiers ainsi que la trousse de crayons et de stylos. Que du neuf pour me porter chance, me donner du courage. Je suis arrivé le premier dans la cour de récréation de l'école de formation accélérée, rue de Bagnolet, puis je les ai vus pousser la grille un à un. Le seul qui m'a serré la main, c'est Gérard. Une sorte de gros nounours autiste qui s'est plongé dans la lecture de *L'Équipe*. Les autres se sont contentés de tourner la tête, de passer devant moi comme si je n'existais pas, l'air absent. À part Richard et Sébastien qui m'ont toisé en se poussant du coude, le rictus aux lèvres. J'ai pris l'habitude de l'hostilité ou de l'indifférence ; par contre, je n'ai jamais pu me faire au mépris. Je sais que je n'aurais pas dû, mais j'ai soutenu leur regard. On a toujours un peu peur dans ces cas-là, sauf qu'on ne peut pas s'empêcher d'y mettre une once de défi, on sent que l'œil brille et que l'autre, en face, ne le supporte pas.

La salle se situait au deuxième étage. Les tables étaient empilées dans le fond, avec les chaises, et il a fallu les installer face au bureau. Je me suis retrouvé isolé, entouré d'une sorte de vide sanitaire. Le problème c'est que, quand le prof a commencé son cours, il a fait comme si c'était normal, il n'a rien trouvé à y redire. La même chose s'est reproduite pendant toute la semaine, personne n'a réagi à cette mise à l'écart, même le directeur lorsqu'il est venu saluer la nouvelle promotion. À la cantine, j'étais le seul à manger seul. C'est Richard qui a ouvert les véritables hostilités. On avait décidé de jouer au foot, au moment d'un interclasse. Le tirage au sort m'a désigné pour faire partie de son équipe. Il m'a repoussé vers l'autre camp.

— Nous, on ne veut pas de morts-vivants !

Ils se sont tous mis à rire, sauf Gérard qui a piqué du nez vers ses chaussures. C'est peut-être pas grand-chose, mais je lui suis reconnaissant de ne pas s'être joint à la meute. Je suis allé me mettre dans un coin. J'ai passé le temps en matant, au loin, les filles qui faisaient de l'exercice de l'autre côté des grilles, au-dessus des voies abandonnées de la Grande Ceinture.

En remontant l'escalier, j'ai compris que le « mort-vivant » de Richard leur avait plu. Ils l'avaient tous adopté à une exception près. Le lendemain, l'affiche d'un film d'horreur, *Le Retour des morts-vivants,* était scotchée sur ma table, puis j'ai trouvé des petites figurines de monstres en plastique glissées dans mon cartable. J'ai fini par me plaindre au responsable de la formation qui a noté l'ensemble de mes griefs avant de m'adresser au psychologue scolaire. L'homme en blouse blanche a commencé par me dire que ce n'était pas bien méchant, que vu mon état je ne devais pas m'attendre à autre chose. J'ai tout d'abord pensé qu'il plaisantait à froid, j'ai lu ça quelque part, que c'est souvent ce que font les psychologues pour évacuer le stress des consultations. Je me suis vite rendu compte que ce n'était pas le cas lorsqu'il m'a fait passer les tests : en me penchant je voyais qu'il notait « B » quand je répondais « A » et qu'il inscrivait « A » quand je disais « B ». À l'issue de l'entretien que j'avais moi-même sollicité, j'étais classé comme inapte aux études auxquelles j'avais pourtant accédé grâce au concours national de sélection.

J'étais tellement anéanti, tétanisé, par cette décision que je ne me suis pas présenté aux cours le lendemain. C'est ma femme qui m'a conduit à la consultation psychiatrique de l'hôpital Lariboisière pour passer une contre-expertise qui s'est soldée par des conclusions exactement inverses.

Au cours des semaines suivantes, j'ai écrit à toutes les autorités possibles et imaginables pour attirer leur attention sur la manière dont j'avais été traité, j'ai déposé des recours au tribunal correctionnel, au tribunal administratif, j'ai alerté les journaux, les radios, les télévisions. Ça commence à bouger, mais je sais que même s'ils me donnent raison, je ne retournerai jamais à l'École de formation accélérée de la police parisienne : on n'y aime pas les flics albinos.

CESSEZ LE JEU !

C'est une ménagère de moins de cinquante ans qui découvrit le premier cadavre alors qu'elle promenait son labrador près du square du Général-Laperrine, comme chaque matin, à l'orée du bois de Vincennes. Le corps était dissimulé sous les feuilles dont les platanes se débarrassent à cette époque de l'année. Quand les policiers le dégagèrent de son linceul végétal, ils constatèrent qu'il s'agissait d'un homme d'une trentaine d'années, qu'on l'avait proprement égorgé. Sa tête reposait sur un enjoliveur de roue de voiture qui lui faisait comme une auréole.

Le deuxième assassiné fit l'ouverture du journal régional d'Aquitaine le lendemain. Ce fut cette fois un machiniste bordelais venu prendre son travail, au dépôt, qui le trouva assis à sa place, aux commandes de son tramway. La gorge béante, il s'était vidé de son sang qui gluait sur les manettes. La victime, un retraité des Postes, habitait Libourne où il avait occupé jadis un siège, au conseil municipal.

La troisième personne à perdre la vie, cette semaine-là, en se frottant le gosier sur une lame de rasoir, fut une jeune intermittente du spectacle d'à peine vingt ans. Un vigile du Super Mammouth de Granville la retrouva dans la chambre froide, suspendue à un crochet de boucher, au milieu des carcasses de moutons.

Le quatrième individu proprement saigné le fut chez lui, dans le quartier de l'Estaque, à Marseille. Le tueur avait pris soin de l'installer devant sa télévision avant de glisser la cassette d'un vieil épisode de *Thierry la Fronde* dans le magnétoscope.

Le dernier crime de la série, le plus sordide, eut la ville de Caen pour cadre. La cible était cette fois un agriculteur normand que le meurtrier avait charcuté au larynx, comme à son habitude, et dont il avait enfoui la dépouille sous des centaines de kilos de pommes destinées à être transformées en cidre bouché. Il s'en fallut d'ailleurs de peu que le cadavre ne passât à la moulinette pour rendre son jus au milieu des fruits mûrs.

Les limiers de Paris, Bordeaux, Granville, Marseille, de Caen travaillèrent chacun de leur côté avant que l'aveuglante similitude du mode opératoire ne les oblige à coopérer. On avait, d'évidence, affaire à un killer en série. Afin de ne pas froisser les susceptibilités, les patrons des différentes sections régionales concernées confièrent la coordination de l'enquête à un collègue lyonnais, une ville épargnée jusque-là par le surineur. Leur choix ne pouvait être plus judicieux : dès qu'il eut pris connaissance de l'ensemble des dossiers, le lieutenant Rémusat se frappa le front du plat de la main. Il estomaqua ses confrères en déclarant :

— Je crois savoir d'où ça vient !

Il n'en dit pas davantage et retourna chez lui pour visionner quelques-unes des huit mille cassettes vidéo dont les tranches multicolores tapissaient les murs de son appartement. Il enregistrait tout, c'était son dada. Trois heures plus tard, il retrouva le cénacle des enquêteurs et livra sans coup férir le nom du tueur multirécidiviste.

— Il s'appelle Frédéric Latenaire. Ne cherchez pas dans vos dossiers, il n'a jamais été condamné. C'est un débutant.

L'émoi était tel dans le pays qu'on se décida à l'appréhender, une fausse piste valant mieux que l'immobilisme. Arrêté sur son lieu de travail, un atelier d'aéronautique toulousain en difficulté, l'homme ne se fit pas prier pour reconnaître ses crimes, mais il se refusa à en livrer les mobiles. Ce fut le lieutenant Rémusat qui les dévoila à la barre, lors du procès aux assises, quelques mois plus tard.

— Je suis un fana de jeux télévisés, monsieur le président. J'ai la collection complète des enregistrements d'*Une famille en or*, du *Juste prix*, des *Chiffres et des lettres*, de *La Roue de la fortune*, de *Qui veut gagner des millions ?*... Dès que j'ai lu les procès-verbaux des différentes enquêtes, je me suis souvenu d'une émission diffusée il y a environ un an. Un concurrent avait été éliminé parce qu'il ne se rappelait pas le nom de la plaque ronde qui décore les roues de voitures...

— *Un enjoliveur*... murmura le public.

— Exactement ! Ça m'a fait penser à celui qu'on a découvert sous la tête du premier cadavre. Puis un autre participant à la même émission avait subi un sort identique, le renvoi au néant, en ne trouvant pas le nom du véhicule urbain roulant sur rails...

— *Un tramway*... susurra le public.

— Parfaitement ! Après, tout s'enchaînait. Le troisième ne connaissait pas le nom du dictateur italien Mussolini qui a fini sa vie pendu à un... *croc de boucher*. Le quatrième joueur ne savait pas que c'était Jean-Claude Drouot qui jouait le rôle de *Thierry la Fronde*, dans un célèbre feuilleton des années 1960. Le dernier, enfin, avait buté sur la signification de « palindrome », qui désigne un mot qu'on peut lire dans les deux sens, comme Ève, la femme initiale, pour laquelle Adam croqua...

— *La pomme*... compléta le public.

Le juge s'était alors impatienté.

— Nous sommes dans l'enceinte d'un tribunal, lieutenant. La barre devant laquelle vous vous tenez n'est pas le pupitre de *Questions pour un champion* ! Quel rapport cela a-t-il avec la série des crimes de Latenaire ?

— C'est très simple : j'ai découvert qu'il a participé à un jeu télévisé en même temps que les cinq victimes… *Le Maillon faible*… Elles ne sont pas parvenues en finale, mais, dès le premier tour, elles l'avaient toutes expulsé en inscrivant son prénom sur leur ardoise, au feutre noir, alors qu'il était le seul à ne pas avoir commis d'erreur. Il n'a pas supporté cette injustice, cette humiliation subie devant des millions de téléspectateurs… Il voulait laver son honneur. C'est devenu une idée fixe. Il a fini par éliminer méthodiquement ses éliminateurs.

Le policier fut interrompu par de longs hurlements de l'accusé, des cris de bête blessée dans lesquels on parvenait à comprendre :

— C'est faux ! Je ne suis pas le maillon faible… Non, je ne suis pas le maillon faible…

Les jurés de la cour d'assises n'eurent même pas à écrire son nom sur un petit papier pour confirmer sa culpabilité. Ils savaient aussi que la prison n'était pas la solution. Un collège de psychiatres étudia Latenaire sous toutes les coutures et se prononça pour l'irresponsabilité. Il fut transféré, pour le reste de son existence, dans une unité de soins psychiatriques intensifs. Il partage aujourd'hui le sort de dizaines d'âmes faibles. Le personnel médical le traite exactement de la même manière que les autres malades. À une exception près : sa présence est interdite en salle de télé.

LES POMPES DE RISQUONS-TOUT

La veille, Maurice Petilouis, le responsable du garage, avait réussi à faire le plein d'un des camions de livraison en siphonnant le fond des réservoirs des trente autres véhicules qui composaient la flotte automobile des établissements Robertson, et une poignée de clients de la région parisienne avaient pu réapprovisionner les étagères de leurs magasins en désodorisants ménagers, en insecticides, en aérosols divers pour l'entretien de la maison. Cela faisait maintenant quinze jours que toutes les raffineries du pays avaient cessé le travail. Au début, tout le monde avait une combine pour se procurer quelques litres du précieux liquide, mais depuis une semaine, il était devenu impossible de trouver le moindre bidon d'essence, même en proposant le triple du prix, au marché noir.

Après des jours et des nuits de manifestations étudiantes, d'images de charges policières dans les rues du Quartier latin, d'explosions de grenades sur les ondes des radios périphériques, le monde ouvrier s'était lentement mis de la partie. Renault avait appuyé sur l'accélérateur, comme de juste, et aux dernières nouvelles, c'étaient près de sept millions de travailleurs qui, les bras croisés, occupaient leurs lieux de labeur. La zone industrielle du carrefour Pleyel, où se situaient l'usine et les entrepôts Robertson, était un des secteurs revendicatifs les plus en pointe. Des oriflammes rouges flottaient au-dessus de toutes les portes d'entrée, des banderoles étaient accrochées aux fils de fer barbelés hérissant les murs d'enceinte que des groupes de grévistes longeaient à intervalles réguliers pour, disaient-ils, protéger l'outil de travail. La cokerie, les gazomètres, la gare de triage, la centrale électrique, les ateliers de construction automobile, la fabrique de chariots élévateurs, la fonderie, les pilons, tout était au repos. Les cheminées, par dizaines, avaient perdu leur panache. Dans cet océan écarlate bercé par les notes des accordéons et les rumeurs des discussions sans fin, les établissements Robertson étaient comme une sorte d'îlot sur lequel la grève s'était brisée. Dès le début du mouvement, le siège d'Atlanta avait donné l'autorisation au directeur de l'unité française, Andrew Johnson, d'accorder une augmentation de 10 % des salaires, d'organiser un repas du personnel dans une guinguette des bords de Marne, puis d'engager des négociations sur l'instauration d'un treizième mois, coupant l'herbe sous les pieds des deux seuls syndicalistes de l'entreprise. Des centaines d'ouvrières, de techniciens, d'employés alimentaient les chaînes et les hangars étaient pleins à craquer de produits dont la publicité continuait à vanter l'absolue nécessité. Les stocks étaient au plus haut, la place commençait à manquer. La pénurie d'essence, en interdisant de les écouler, contraignait la direction à envisager, à très court terme, la fermeture des ateliers !

Aucune solution ne fut dégagée lors de la réunion de crise à laquelle tous les chefs de service avaient été convoqués, ce vendredi 24 mai 1968 au matin, et l'on s'apprêtait à se séparer avec comme seule perspective l'annonce du chômage technique quand Maurice Petilouis a pris son courage à deux mains. Il s'était approché d'Andrew Johnson.

— Je ne sais pas si vous allez être d'accord, monsieur le directeur, mais il y a peut-être un moyen de trouver de l'essence, pour les camions…

Le manager s'était arrêté.

— Je vous écoute, monsieur Maurice… Pourquoi ne l'avez-vous pas dit tout à l'heure ?

— C'est que c'est un peu spécial… Je suis de Tourcoing, et mon frère habite toujours là-bas… Il bricole…

Andrew avait froncé les sourcils.

— Il bricole ? C'est intéressant…

— Oui… Tourcoing est sur la frontière avec

la Belgique. Il gagne sa vie en passant des marchandises d'un côté à l'autre de la chaussée de Lille. Il n'est pas le seul… Là-bas, si on n'est pas douanier, on est contrebandier… Je l'ai eu au téléphone plusieurs fois, et il m'a dit qu'il pouvait s'arranger pour nous avoir autant d'essence belge qu'on voulait. Il suffit d'aller la chercher…

La cellule de crise, aussitôt constituée pour étudier les conditions de réalisation de l'opération baptisée « Plein Nord », décida de procéder à un essai dès la fin de la matinée. Il restait tout juste assez de carburant pour faire parcourir deux cent cinquante kilomètres à un fourgon HY Citroën qui pouvait contenir huit fûts de cent litres chacun. Si l'expérience était concluante, il suffirait de procéder à une rotation journalière avec la Belgique pour que l'usine continue de tourner ! Tous les chauffeurs étant volontaires, on avait tiré les noms des deux ravitailleurs au hasard des papiers pliés dans une casquette. André, un ancien livreur de bière des docks rémois, ferait équipe avec Serge, un jeune gars embauché trois mois plus tôt à la sortie de son service militaire qu'il avait effectué, en Allemagne, comme conducteur de char. Les chaudronniers du service d'entretien des lignes de production avaient soudé des barres de maintien, afin que les fûts restent en place, puis on avait équipé le fourgon de deux extincteurs pour parer au moindre départ de feu. Avant de s'installer au volant, André avait accroché deux petits drapeaux rouges confectionnés à la hâte aux rétroviseurs extérieurs.

— Il y a des barrages sur l'avenue, avant d'arriver à la porte de Paris, ça nous aidera à les passer…

La petite ruse s'avéra utile : une manifestation était en formation à hauteur du canal, et les morceaux de tissu claquant au vent firent se lever des poings et s'élever des hourras. La tôle grinça quand ils essuyèrent les courbes sans fin de l'échangeur, puis le HY prit sa vitesse de croisière sur le ruban rectiligne de l'autoroute du Nord. Serge lisait le journal à haute voix, une façon de vaincre la monotonie du voyage. Un nouveau slogan avait fait son apparition : « Vidangez l'Élysée », de Gaulle devait prononcer une allocution en fin de journée, tandis que Cohn-Bendit déclarait, depuis les Pays-Bas, qu'il rentrerait en France quand il le voudrait, bravant ainsi l'interdiction du territoire édictée à son encontre.

— Il est droit devant nous, le rouquin… Tu ne vois pas qu'on se trouve nez à nez avec lui ! Qu'est-ce que tu ferais, toi, André ?

— Je le fourre dans un des bidons, et il n'en sort que quand il a donné l'ordre à ses potes des raffineries de reprendre le boulot ! Tu les as connus les Allemands, pendant ton service… Ils sont tous comme ça, maintenant ?

— Ceux que j'ai fréquentés, c'étaient des troufions, ils marchaient au pas…

Il n'était pas loin de midi quand ils décidèrent de quitter l'autoroute afin d'aller manger dans un petit restaurant de Faches-Thumesnil que leur avait indiqué Petilouis en vantant la qualité de son potjevleesch, une terrine aux quatre viandes accompagnée de frites et de cornichons, dont il suffisait de prononcer le nom pour avoir l'impression d'en manger. Serge, qui avait fait l'impasse sur la bière, prit le volant pour traverser la métropole et se faufiler dans les voies étroites de Tourcoing jusqu'à la rue du Labyrinthe où logeait le frère du responsable du garage. Ils furent accueillis par une femme en pleurs qui leur expliqua que le Jeannot, c'est ainsi qu'elle appelait son époux, avait été arrêté en Belgique, au petit matin, avec un chargement de tabac qu'il s'apprêtait à rapatrier en France. André ne se laissa pas gagner par la compassion.

— C'est bien dommage, mais nous, on fait comment, pour l'essence ?

Elle prit le temps de se moucher avant de pointer le doigt vers la porte.

— Au bout de la rue, c'est la chaussée du Risquons-Tout. Si vous continuez tout droit, vous tombez pile sur la douane, mais si vous prenez un peu à gauche, vous filez sur le quartier du Paradis par la rue du Purgatoire, en Belgique, sans passer par le contrôle. Il y a des pompes tous les cent mètres…

Ils suivirent les conseils de l'épouse éplorée et

rejoignirent Paradijsstraat, dans la ville siamoise de Mouscron, sans avoir l'impression de passer les pointillés ni d'abandonner la république pour le royaume. La première station ne fut pas la bonne. Si le pompiste accepta de remplir le réservoir du HY, il refusa tout net de se faire le complice de briseurs de grève transfrontaliers.

— Je n'attends qu'une chose, c'est qu'on s'y mette, nous aussi ! *L'Internationale*, ça se chante également en flamand !

Il leva son pistolet à essence vers le ciel bleu qu'aucun nuage ne traversait :

— *Ontwaarkt, verworpen der aarde !*

Ontwaarkt, uerdoemde in hongers sfeer !

Serge démarra sur les chapeaux de roue dans un bruit de fûts choqués.

— C'est pas possible, Cohn-Bendit a dû s'arrêter pour faire le plein !

Ils bifurquèrent dans la Dronkaardstraat où un commerçant affligé de normalité transvasa huit fois cent litres de carburant dans les bidons sans poser la moindre question, se contentant de majorer de 15 % la facture qu'André honora avec le contenu de l'enveloppe qu'Andrew Johnson lui avait remise avant le départ de Saint-Denis. Il en restait même assez pour acheter un peu de chocolat à l'épicerie Gheysens, ainsi qu'une dizaine de cartouches de cigarettes qui avaient, elles aussi, disparu du paysage français.

Ils repassèrent la frontière sans encombre, en roulant à petite vitesse, évitant le poste du Risquons-Tout et ses douaniers syndiqués. André s'installa aux commandes dès que l'autoroute du Nord fut en vue, tandis que Serge se tenait debout à l'arrière, au milieu des fûts, un extincteur à portée de la main. Ils sortirent à l'échangeur de la porte de Paris, et mirent le cap sur la Plaine-Saint-Denis que réchauffait un soleil printanier. En contrebas, un cortège de bateliers précédé par une fanfare défilait sur le chemin de halage. André fit une halte pour replacer les petits drapeaux rouges sur les rétroviseurs puis ils roulèrent tranquillement vers les cheminées muettes du carrefour Pleyel. Il ne leur restait qu'un petit kilomètre pour arriver à bon port, quand ils butèrent sur un barrage dressé par une dizaine d'ouvriers maoïstes de la cokerie et ceux des gazomètres épaulés par quelques étudiants venus de Nanterre. André fit glisser la vitre de la portière.

— Qu'est-ce qui se passe ? On peut traverser ?

Un des membres du service d'ordre s'approcha nonchalamment.

— Le grand Charles va pas tarder à causer. On l'écoute, puis on ouvre…

Les haut-parleurs se mirent à crachoter avant que la voix du général ne s'élève :

— Depuis bientôt trente ans, les événements m'ont imposé en plusieurs graves occasions le devoir d'amener notre pays à assumer son propre destin afin d'empêcher que certains ne s'en chargent malgré lui. Mais cette fois encore, cette fois surtout, j'ai besoin — oui, j'ai besoin — que le peuple français dise ce qu'il veut… Au mois de juin, vous vous prononcerez par un vote. Au cas où votre réponse serait « non », il va de soi que je n'assumerais pas plus longtemps ma fonction…

La proposition de référendum fut accueillie par des cris de protestation, des sifflets.

Et c'est au moment où André enclenchait la première vitesse que l'incident se produisit. Un des manifestants grimpa sur le marchepied et demanda au chauffeur s'il pouvait le déposer au métro.

— C'est pas possible, je n'ai pas le droit de faire monter…

Le gréviste éclata de rire. Il posa la main sur la poignée.

— La place est libre à côté de toi ! Ça dérange qui ?

André accéléra, déséquilibrant le passager qui chuta lourdement sur la chaussée. En une fraction de seconde, dix, vingt mains vigoureuses s'agrippèrent à la carrosserie, immobilisant le HY. La porte latérale glissa sur son rail, découvrant l'alignement des fûts sur lesquels Serge veillait.

— Oh, camarades, venez voir un petit peu sur quoi on est tombés !

Le responsable du groupe procéda immédiatement à la réquisition du véhicule, de l'essence, des cigarettes et du chocolat belge. Les deux conducteurs furent conduits dans le local. Assis sous le portrait du président Mao, ils racontèrent en détail leur tentative de ravitaillement de la flotte de livraison de l'usine de produits ménagers.

À quelques centaines de mètres de là, Andrew Johnson faisait les cent pas devant le garage où étaient alignés les véhicules des établissements Robertson. Michel Petilouis avait réussi à joindre sa belle-sœur au téléphone, quelques minutes plus tôt, et venait de l'informer de l'arrestation de son frère par les douaniers belges.

— Mais ne vous inquiétez pas, monsieur le directeur, cela n'a aucun rapport… Ils vont bien finir par arriver…

Le manager savait qu'un malheur n'arrivait jamais seul, qu'il suffisait d'un peu de patience. Il vérifia la pertinence du proverbe quelques heures plus tard, quand, au journal télévisé, furent diffusées les images des émeutes qui embrasaient le quartier de la Bourse. Un HY, semblable à celui qui était parti de Saint-Denis en direction de Risquons-Tout, figurait comme élément central de la barricade édifiée face au palais Brongniart, et le journaliste qui commentait les images se demandait, en direct, comment les insurgés se débrouillaient pour confectionner autant de cocktails Molotov dans un pays où ne coulait plus une seule goutte d'essence.

COUPE-COUPE

La légende prétend qu'aussitôt décapité, Denis, premier évêque de Paris, prit sa tête dans ses mains, traversa ce qui allait devenir le Quartier latin, escalada la colline de Montmartre, puis redescendit droit sur un village qui bien des temps plus tard fut baptisé du nom de ce martyr chrétien : Saint-Denis. C'est à l'endroit même où la vie le quitta que fut édifiée une orgueilleuse basilique. Elle renferme les dépouilles des rois de France dont celle, ironie de l'histoire, d'un autre décapité célèbre, Louis le seizième. Si l'on consulte un plan du secteur, on constate que Denis, lesté de son chef, a foulé les terres du Cornillon et qu'il est probablement passé sur l'ellipse aujourd'hui dévolue au Stade de France. Peut-être même que pour reprendre, sinon son souffle, du moins ses forces, il a un instant posé sa tête dans l'herbe et que, mille ans plus tard, une puissance obscure a conduit géomètres et architectes à faire de cet emplacement le point d'engagement de la finale de la Coupe du monde !

On sait que les dernières décennies ne furent pas tendres pour le paysage de ma ville natale. Tous les minerais de France, tous les produits chimiques convergeaient sur ce coin de banlieue. Toutes les misères aussi. Un ciel lourd naissait en permanence des cheminées qui hérissaient le quartier Pleyel, le quartier du Landy. En lieu et place du stade s'élevaient d'autres enceintes arrondies, celles des gazomètres. Les voies du secteur avaient puisé leur nom dans leur ombre : rue du Gaz, impasse du Gaz… Le monde entier fournissait des bras aux industries dionysiennes. Au début du siècle, c'est par milliers que les jeunes désertaient les villages du Morbihan, du Morvan ou de l'Aubrac pour venir peupler les ateliers des usines automobiles Delaunay-Belleville ou Hotchkiss. Les Bretons étaient les plus nombreux. Les plus rejetés aussi à cause de leur langue, étrangère d'apparence. Les registres policiers gardent la trace des chasses au faciès dont ils étaient victimes, le samedi soir, et un nom fut même inventé par un fonctionnaire pour les désigner : les « bretonnades ».

Plus tard, ce furent les Italiens qui prirent la relève, puis les cohortes espagnoles et républicaines, vaincues par les armées noires de Franco. Le quartier se transforma en « petite Espagne » où résonnèrent longtemps les accords de guitare rageurs de Paco Ibañez. D'autres exilés, affamés de pain ou de liberté, trouvèrent le chemin à leur tour. Portugais, Algériens, Maliens, Yougoslaves, s'installèrent par vagues successives dans les pauvres maisons laissées vacantes par ceux qui avaient, enfin, réussi à gagner le cœur des villes.

Aujourd'hui, c'est d'un pas volontaire et le sourire aux lèvres que de tous les pays du monde on se presse vers Saint-Denis pour encourager les dieux du Stade de France, pour applaudir les vainqueurs de la Coupe. Toutes les couleurs, tous les drapeaux, toutes les musiques. Comme si les hommes s'étaient enfin aperçus qu'avant d'être le nom d'un martyr, Denis désignait le dieu grec du vin et de la vigne, le dieu de la fête : Dionysos.

LES RETROUVAILLES

Pour faire honneur à mes quarante ans, mon épouse avait sorti le grand jeu. Elle m'avait kidnappé à la sortie du bureau et s'était engagée sur l'autoroute sans vouloir me dire vers où nous foncions à tombeau ouvert. Trois heures plus tard, alors que la nuit commençait à tomber sur la vallée de la Saône, elle s'était garée devant l'Auberge de Collonges. Tout juste installée à la table d'honneur, elle s'était penchée vers moi pour déposer sur mes lèvres un baiser aussi pétillant et frais que le Billecart-Salmon rosé avec lequel nous venions de trinquer.

— Alors, ça te plaît ?

— Tu n'es pas possible ! Je m'attendais à recevoir une cravate et tu m'offres des étoiles…

Au milieu du repas, alors que le maître d'hôtel venait d'apporter la volaille de Bresse en vessie, Paul Bocuse avait fait son apparition en tablier et toque plissée immaculés. Il avait saisi les instruments pour percer la poche gonflée avant de découper la volaille.

— Qu'est-ce que vous avez choisi comme vin pour l'accompagner ?

Jocelyne m'avait devancé.

— Un côte-rôtie…

— Il vient de chez Burgaud. Vous ne pouviez pas mieux faire, ce sera parfait.

Puis nous l'avions suivi du regard tandis qu'il faisait le tour des tables pour gratifier ses hôtes d'une phrase, d'un geste. Plus tard dans la soirée, la lumière s'était atténuée, et j'avais vu arriver mon dessert préféré, une tarte aux framboises surmontée pour l'occasion de bougies, tandis qu'un groom tournait la manivelle d'un orgue de Barbarie égrenant les notes du chant rituel des anniversaires. Paul Bocuse était alors revenu vers nous pour figurer sur la photo qui prendrait bientôt place sur notre menu, en guise de souvenir. Nous avions échangé quelques mots et Jocelyne, je ne sais pourquoi, avait confié au chef que j'avais longtemps exercé la profession de plongeur sous-marin dans la recherche pétrolière. Les yeux de Paul Bocuse s'étaient mis à briller.

— Vous étiez homme-grenouille ? Moi aussi…

C'était à mon tour d'être surpris.

— Vous avez plongé ?

— Oui, du sérieux, avec des bouteilles. C'était une vraie passion… Quand vous aurez pris le café, passez en cuisine, je vous montrerai…

J'avais pressé Jocelyne d'expédier son moka, breuvage que j'évite de fréquenter dès le milieu d'après-midi. Paul Bocuse nous attendait assis sur une sorte de coffre, dans un recoin aux murs équipés d'étagères décorées de dizaines de moules en cuivre. Il s'était levé, avait ouvert la malle dans laquelle il s'était mis à farfouiller avant d'en exhumer une combinaison de plongée.

— J'aurais du mal à rentrer dedans, mais elle est toujours là, à portée de main… Ça me rappelle une histoire… Vous avez un petit moment ?

Jocelyne était aux anges ; elle n'aurait jamais rêvé d'un tel écrin pour son cadeau.

Paul Bocuse attendit que le maître d'hôtel finisse de remplir nos coupes pour commencer son récit.

— Ce que je vais vous raconter se passait au cours de l'été 1965, quelques mois seulement après que j'eus décroché la troisième étoile… Une femme d'une quarantaine d'années, remarquablement belle, est arrivée en Simca Océane avec ses deux grands enfants. Un garçon et une fille qui avaient la moitié de son âge. Un peu trop en avance, comme les gens qui n'ont pas l'habitude. Pour ne pas les laisser en plan, je leur ai fait faire le tour du propriétaire. On venait de refaire toute la décoration, de changer les tapisseries, l'éclairage, les nappes, les rideaux, d'installer des commodités dignes de ce nom à l'intérieur de l'établissement… Dès le départ, j'ai bien vu qu'elle m'observait d'une drôle de façon, mais dès que j'essayais d'accrocher son regard, elle rompait l'échange. Pour la dérider, au moment de prendre la commande, je lui ai proposé un nouveau plat, le gigot de l'asphalteur…

Jocelyne l'avait interrompu.

— Drôle de nom pour une spécialité ! C'est quoi ?

— Je ne l'ai jamais mis sur la carte, mais je vous jure que je l'ai vraiment cuisiné. On sale, on poivre un beau gigot de 2 kg qu'on enveloppe dans un papier de boucher puis dans un sac en ayant pris soin de l'accompagner d'un peu de thym. On le plonge dans une marmite emplie de goudron chaud, on laisse cuire 35 minutes avant de le sortir. Une fois la couche de goudron refroidie, on la casse et l'on obtient un gigot cuit à la perfection ! En fait, ils ont pris de la mousse de homard. À l'époque tout le monde ne jurait que par ça, et du jambon cuit au foin… Chaque fois que je passais dans la salle, je sentais physiquement le poids de l'attention dont j'étais l'objet. J'ai fini par demander à mon maître d'hôtel s'il pouvait retrouver son nom sur le registre des réservations téléphoniques. Il est venu me le chuchoter à l'oreille : « Madame Favraud et ses enfants. Une adresse à Grenoble… » On m'avait parlé, des mois plus tôt, d'une famille Favraud qui élevait de la volaille près de Bouligneux, dans la Dombes. Je n'avais pas fait affaire avec eux, mais je décidai de tenter ma chance avec cette seule carte. Je lui laissai le temps de déguster son gâteau d'anniversaire avant de m'approcher. « Vous ne seriez pas de la région de l'étang Balancet, par hasard ? » Un voile de tristesse est passé sur ses traits quand elle m'a répondu : « Si, en effet. Vous avez bonne mémoire… Moi, il m'a fallu voir votre photo dans *Paris-Match* pour faire la liaison… » La liaison… J'aurais préféré qu'elle dise non et qu'on en reste là ! Je suis retourné près des fourneaux pour vérifier que tout se déroulait bien, tandis que les questions se bousculaient sous ma toque. Un peu plus tard, j'étais près d'elle quand le garçon et la fille se sont levés de table pour aller prendre l'air sur la terrasse. Elle a attendu que la porte se referme derrière eux pour me dire : « Sans vous ma vie serait bien vide : ces deux-là n'existeraient pas… » J'en suis resté sans voix ! Chacun sait que j'ai une vie compliquée, que je n'ai pas la même conception de la fidélité que tout un chacun, mais là, trois d'un coup, l'addition était salée !

Ce fut à mon tour d'intervenir.

— Je ne vois toujours pas le rapport avec la plongée sous-marine !

— On apprécie le plat quand la recette est terminée. Je suis donc une nouvelle fois repassé par la cuisine où j'ai bu une coupe pour m'éclaircir les idées. Mes trois étoiles n'avaient pas encore étrenné une saison qu'on faisait déjà la queue pour vivre à leur clarté ! Quand est venu le moment de présenter la note, j'ai demandé au maître d'hôtel de dire à cette femme dont j'avais perdu le souvenir qu'elle était mon invitée. Quelle ne fut pas ma surprise de la voir arriver et se hisser sur la pointe de ses escarpins pour m'embrasser sur les joues. Je rassemblai tout mon courage pour lui avouer la vérité : « Excusez-moi, mais je ne me rappelle vraiment plus dans quelles circonstances nous nous sommes rencontrés… » Elle a hoché la tête pour signifier qu'elle l'avait compris : « C'était il y a dix-huit ans, en juin 1947, près du pont Eiffel que les Allemands ont fait sauter pendant leur retraite… Je ne me remettais pas de la fin d'une grande histoire d'amour, et j'ai voulu en finir… Le hasard a voulu que vous fassiez de la plongée à quelques mètres de là, et que vous me sauviez la vie. »

Nous étions restés silencieux un bon moment, Jocelyne et moi, avant que Paul Bocuse ne vienne poser la cerise sur le gâteau :

— Comme quoi il n'est pas inutile qu'un cuistot soit aussi un spécialiste de la plonge !

J'AI MAL
QUAND JE PENSE...

Le regard planté dans celui que lui renvoie son miroir, il s'écoute roucouler sur une de ses chaînes :

J'ai mal quand je pense
Que tu pourrais me mentir
Je ne sais plus si je dois te croire
Quand tu me dis que tu m'aimes encore...

Il s'approche de son reflet, retrousse les babines, dilate les narines, inspecte ses canines. Jamais il ne s'est trouvé aussi beau : il vient de se faire tirer la peau. Le scalpel a tranché dans l'épiderme trop abondant, réduit le menton qui tirait vers le triple, le bistouri s'est promené sous ses yeux pour vider des poches pleines comme ses coffres. Il en a profité pour s'offrir une liposuccion et se faire enlever une disgracieuse excroissance de chair sur la joue. Le bronzage d'une semaine, au soleil sarde de la Maddalena, a masqué les traces des chairs incisées. Du grand art. Un domestique venu de Cyrénaïque lui tend un verre de jus vitaminé quand il sort de la salle de bains. Il l'avale d'un trait, repose le cristal sur le plateau, puis traverse la vaste salle de réception du Palazzo Chigi dont le balcon fait face à la colonne de Marc Aurèle.

Il ondule au rythme des lamentations sirupeuses des violons, rejoint le Salon d'Or et s'arrête devant un homme au brushing impeccable. Ils fredonnent en riant les deux derniers vers de la romance avant de se serrer la main.

Je sens que la vie veut nous séparer
Mais jusqu'à la fin, je t'aimerai.

— Merci de me recevoir, Silvio…

— C'est toujours un plaisir, Roberto… Si je ne t'avais pas à mes côtés, je me demande qui pourrait tenir à distance cette meute de juges mentalement dérangés ! Tu sais que je n'ai rien contre le Nord, mais ces excités du tribunal de Milan commencent à jouer avec le feu en relançant leur putain de procédure pour corruption… Tu vois ça comment ?

Ils prennent place dans deux fauteuils placés en vis-à-vis.

— J'ai de bonnes raisons de croire que la Cour constitutionnelle va leur taper sur les doigts. Je me suis occupé de réactiver d'anciens membres de la Confrérie comme Tagliatello… Il a bien bossé, il faudra s'en souvenir. Je dois te dire que je l'ai trouvé bien mal en point. D'après ce qui se murmure, il aurait chopé le sida…

Silvio prend appui sur les accoudoirs.

— À propos de sida, tu as entendu celle que je leur ai servie à la Commission européenne ? Non ? Écoute… C'est un type dans le genre de Tagliatello, plombé jusqu'aux os, qui va voir son médecin. Le toubib lui conseille d'aller à la plage et de prendre des bains de sable. Au bout de trois mois, le type revient, plus malade que jamais. Il se plaint du traitement. Le médecin lui répond : « Du calme, ça vous habitue au moins à rester sous terre ! »… Ils étaient tous verts, les commissaires, pire que des écolos… Qu'est-ce que tu en penses ?

Roberto passe la main sur ses cheveux poivre et sel, lisse ses crans.

— Je me ferai un plaisir de la raconter à Umberto… Il a bien aimé ce que tu as envoyé à ce député allemand tendance « droit-de-l'hommiste », au Parlement européen…

— Schultz ? C'est de Schultz que tu parles ? De quel droit ce connard s'est-il permis de me faire des réflexions sur mes rapports avec la justice italienne ? Il croyait que ça allait passer comme une lettre à la poste, sa provocation de minus ! Tu aurais vu sa tête quand je lui ai balancé : « Monsieur Schultz, j'ai pas mal de choses à voir avec le cinéma et la télévision. Je sais qu'une de mes équipes tourne un film sur les camps de concentration… Si vous voulez, je peux vous pistonner pour un rôle de kapo… »

Silvio s'est levé. Il arpente la pièce en levant son menton rectifié. Roberto lui emboîte le pas. Le parquet geint sous leurs traversées nerveuses.

— Tu as raison, Silvio, nous devons leur montrer que les temps ont changé. Il ne faut pas se laisser impressionner. Regarde cette couille molle de Gianfranco : le voilà qui tord le nez quand tu dis que Mussolini n'a jamais tué personne, qu'il s'est juste contenté d'envoyer quelques personnes en vacances, au loin. Ce qui est une évidence historique ! Quand on se rappelle ce qu'il balançait dans ses discours, il y a seulement dix ans, agrippé à sa flamme !

Ils reprennent un verre de jus au passage.

— Que veux-tu, la vieillesse est un naufrage. Lui, il essaye d'imiter le *Titanic* ! Tiens, je ne t'ai pas dit… Il y a quinze jours, j'étais en Sicile. Je présentais ce grand con de Luigi à une assemblée de péquenots des environs de Palerme… Je le fais venir à côté de moi, à la tribune, puis je leur lance : « C'est un député qui vous sera vraiment utile, il sait se débrouiller avec ses mains : il est gynécologue ! » Je croyais me les être mis dans la poche, mais il paraît que la moitié ne savait pas ce que ça voulait dire, gynécologue. C'est une leçon : il ne faut pas viser trop haut !

Silvio s'arrête enfin pour admirer la relève du détachement des carabiniers, qu'il minute en jetant des regards furtifs à la trotteuse de sa Cartier.

— Vingt-huit secondes ! Tu te rends compte ? Vingt-huit secondes ! Quand je suis arrivé au Palazzo Chigi, ils mettaient plus d'une minute, ils lambinaient à l'image de ce pays de merde ! C'est en leur bottant le cul qu'on s'en sortira. Il faut que je m'occupe de tout ici... Je dois aller au Comité directeur du Milan A.C. Ils veulent les faire tomber pour dopage à cause d'un ou deux pots de créatine, mais c'est encore moi qu'elle vise, l'Internationale des juges... S'ils font chuter le club, ils vont tirer sur le fil avant de me piquer mes télés, mes radios, mes journaux, mes maisons d'édition... Ils rêvent de me mettre à poil ! Mais au fait, tu voulais me voir pour quelle raison, Roberto ?

— Pas grand-chose : on voudrait faire rentrer un garçon au pays...

— Quel genre de garçon ?

Roberto hausse les épaules, fait sa moue à la Al Capone.

— Un écrivain justement... Un scribouillard qui s'est mis à l'abri en France.

Silvio se fige.

— Pourquoi ? Il a écrit des saloperies sur moi ?

— Pas à ma connaissance. Il a été condamné pour des assassinats politiques, il y a vingt-cinq ans. Il faudrait que tu passes un coup de fil à Paris. Ils sont prêts à nous refiler le bébé, mais j'ai peur qu'ils reculent à cause du raffut orchestré par une poignée d'intellectuels et de communistes.

Silvio s'est penché pour se saisir de la télécommande. Il amplifie le son du home cinéma dont l'écran vient d'être habité par sa silhouette. Il accompagne un moment son image télévisuelle.

— *J'ai mal quand je pense…*

Son pouce écrase soudain le bouton rouge. Son double disparaît, avalé par un point central scintillant.

— Ces pourris d'intellectuels poussent les hauts cris quand je défends la mémoire d'un innocent comme Mussolini, mais ils sont moins regardants dès qu'il s'agit de venir à la rescousse d'un type condamné par nos tribunaux… Et qu'est-ce qu'ils balancent comme arguments, en France ?

Roberto sort une fiche de sa poche de costume.

— Que l'écrivain en question a été reconnu coupable de deux meurtres qui se sont déroulés le même jour et à la même heure à quatre cents kilomètres de distance…

— Tu vois comment va le monde, Roberto ? Pour une fois que des juges font passer l'intérêt de notre chère Italie avant toutes ces considérations secondaires, on leur crache à la gueule. Je vais le passer, ton coup de fil à Paris : on est potes avec Dominique… Il saura m'entendre. Allez, viens, je descends avec toi…

Ils empruntent le grand escalier d'honneur, et c'est juste avant de s'engouffrer dans sa Mercedes blindée qu'il glisse à Roberto :

— Je ne voudrais pas te donner trop de travail, mais si jamais tu pouvais remettre la main sur ces juges qui ont planté l'écrivain… J'ai comme l'impression qu'ils pourraient nous être bien utiles… On a besoin de gens honnêtes.

(Nous remercions Silvio Berlusconi pour les paroles de sa romance napolitaine, pour ses blagues sur le sida, sur les gynécologues comme sur les camps de concentration. Ces remerciements ne seraient pas complets sans une mention particulière pour sa vision de l'époque mussolinienne.)

LA BANDE F.N.

Le 23 mars 2000, un Poulpe[1] blafard se réveilla au petit matin, la casquette enfoncée profond dans le crâne. Tandis que Cheryl dormait, il déballa les cadeaux offerts pour son anniversaire. Des bouquins, trois téléphones mobiles, des mètres de bière, des conserves de pieds… Il sortit un radiocassette de sa gangue de polystyrène et enfonça les touches, au hasard. Ce dernier, comme à son habitude, fit mal les choses. Dans le poste, un type s'insurgeait contre le fait qu'une église désaffectée de Gennevilliers puisse être louée à une association musulmane et abriter une mosquée. Un autre lui faisant remarquer que ce lieu de culte ne servait plus depuis plusieurs dizaines d'années en raison de fissures mettant l'édifice en péril, il partit d'un grand

1. L'auteur a écrit trois romans, parus aux Éditions Baleine, dont le héros récurrent est Le Poulpe : *Nazis dans le métro*, *Éthique en toc* et *La Route du Rom*.

rire : « Dans ce cas, qu'ils la leur prêtent, et qu'elle s'écroule pendant leur prière, ça en fera deux cents de moins. » Il fut suivi par un écrivain-sniper, frère d'une vedette du show-biz, en faction dans les studios du XVIe arrondissement, qui racontait son dernier séjour militant en République serbe autoproclamée, à l'invitation de son ami Radovan Karadzic.

La nausée par les oreilles !

Peu après, le jingle de la station s'inséra entre deux volées de cloches. Du ding ding dong en latin...

— Vous êtes sur Radio Courtoisie, la radio libre du pays réel...

Le Poulpe, intrigué, laissa le curseur de la bande FM sur Courtoisie. L'invité, l'abbé Nicolas Portail, un ancien de l'institut Pie X, était de retour d'encadrement du camp de dominicaines Sainte-Jeanne-d'Arc, nommé à Sainte-Germaine : « Je viens de laisser la riante Bretagne, j'ai quitté les chapeaux ronds, j'ai trouvé la pluie et les képis. » Il eut quelques mots aimables pour son collègue intégriste de Saint-Nicolas-du-Chardonnet, puis se lança dans une description des cours donnés par le conservateur du musée des Arts décoratifs sur la porcelaine et la faïence au XVIIe siècle. Le Poulpe décapsulait une bière de trappiste, quand un cénacle d'économistes prit le relais : « La loi Lang sur le prix unique du livre est un scandale.

D'ailleurs ce sont toujours les socialistes qui font des lois pour interdire de vendre des produits pas chers aux pauvres... » Un professeur à Dauphine se lâcha en direct : « Je suis contre l'euro. Si on avait laissé les choses se faire naturellement, une monnaie se serait imposée. Sûrement le Mark. Au lieu de ça, c'est l'arbitraire bureaucratique. »

Les premiers rayons du soleil réchauffaient la pièce quand on annonça la grande émission historique consacrée à la bataille de Bouvines. Un général, contemporain de Jeanne Calment, tentait de crachoter dans le micro entre deux quintes de toux et des ajustages de dentier. Il rendit hommage à Pétain, puis claironna la philosophie de son engagement militaire : « J'ai toujours eu de l'estime pour les gens que j'ai combattus. N'attendez pas de moi que je dise du mal de la Wehrmacht. Maintenant on diabolise tout, comme en politique. »

Jean-François Chiappe et Alain Griotteray lui succédèrent pour condamner la présence de ministres communistes au gouvernement de la France. Pour eux, le colonel Fabien était responsable des exécutions d'otages par les hitlériens. D'ailleurs, « les nazis ont été jugés par des assassins », c'est-à-dire les Soviétiques. Alain Griotteray, en permission de Charenton, révéla l'étendue des complicités : « Quand vous avez *L'Humanité* entre les mains, vous savez ce que c'est. Quand vous avez *Le Monde*, c'est terrible, c'est le plus efficace des compagnons de route. »

— Vous êtes sur Radio Courtoisie, la radio libre du pays réel...

Le Poulpe frôla l'overdose du franchouillardement correct avec le *Libre journal* consacré à la politique culturelle, et animé par un dirigeant des bas du Front, Martial Bild, qui recevait Philippe Colombani, conseiller régional : « Il y a un État soviétique à l'intérieur de l'État français, c'est le ministère de la Culture ! » « La culture, c'est un lien entre l'Homme et la Terre, mais cette notion de culture identitaire n'est pas à la mode. On a détruit le sens du sacré et du beau depuis la Révolution française. » À une question sur le théâtre il répondit : « Le festival d'Avignon jusqu'ici n'a pas fait émerger grand-chose. Jean Vilar, Vitez, ce n'est rien. Ils sont grands grâce à des articles de *Libération* écrits par des journalistes achetés. »

Puis Martial Bild félicita le directeur d'*Immédiatement*, une jeune revue royaliste, de passage dans les studios : « Vous essayez de faire entrer la philosophie dans nos chères têtes blondes... Encore que les têtes blondes viennent souvent à manquer... »

Cheryl émergea à cet instant de sous la couette.

— Tu écoutes quoi, mon chéri ?

Le Poulpe assécha sa trappiste.

— Radio Courtoisie, la radio libre du pet irréel.

LA QUEEN DES KINKS

Eugénie avait passé le peignoir blanc du Thermae Palace sur ses vêtements, puis, en s'aidant de son déambulateur, elle était allée fumer une cigarette sur la terrasse, le temps que la femme d'ouvrage range la suite qu'elle occupait depuis plus d'un an au troisième étage de l'hôtel. Il pleuvait sur Ostende, comme les deux jours précédents, mais le vent était tombé, et des nuages lourds stagnaient au-dessus d'une mer qui ne cessait d'inventer des nuances au gris. Des couples de fin de saison arpentaient la promenade, un pouce sur le bouton de la laisse rétractable pour mesurer la liberté de gambader du caniche ou du bichon. Au loin, sur la ligne incertaine où se mariaient le ciel et l'eau, un cargo hérissé de cheminées, de radars, alourdi par les conteneurs multicolores empilés sur le pont, prenait la direction de l'Angleterre. Des images furtives de son dernier voyage à Londres, quarante ans plus tôt, dansèrent devant ses yeux, se mêlant aux volutes de fumée. Elle se revit chez Biba, sur Kensington High Street, entourée de filles longilignes occupées à dénicher, sur les portiques, la minijupe idéale qui accompagnerait l'envolée interminable de leurs jambes. Les hamburgers, les sodas et la pilule, disait-on, avaient effacé à jamais ces silhouettes aériennes de Soho, de Picadilly Circus ; et, preuve que l'Europe était entrée dans les mœurs, on ne distinguait plus aujourd'hui une Anglaise d'une Flamande. Leurs corps parlaient la même langue.

Eugénie tendit un billet de dix euros à l'employée avant de se diriger vers la salle de bains. Luc ne tarderait plus, et elle mettait un point d'honneur à se mettre en valeur, pour sa visite hebdomadaire, ressortant de l'armoire les fards, les crèmes, les fonds de teint, le mascara, les bâtons de rouge à lèvres, les fioles de chez Guerlain. Une fois le visage rajeuni, elle fit glisser les portes de la penderie et choisit un tailleur gris qu'elle assortit à un chemisier de soie orangé. Elle aimait par-dessus tout ce regard amusé qui glissait le long de son corps en détaillant toutes les attentions qui s'offraient. Puis elle s'allongeait sur le divan, et les mains de Luc se portaient sur elle…

Par les vitres embuées du tram, Luc Van Hert observa l'envol de trois mouettes au-dessus des baraques de plage, puis il reprit sa lecture : « Si vous sortez de Morlanwelz par la route des Ateliers, c'est-à-dire en contournant la gare, vous montez vers Chapelle. À mi-chemin, juste en face de l'arrêt du tram de Sainte-Henriette et tout près de l'ancien kiosque de l'Harmonie, il y a un chemin de terre. » Il sourit en rencontrant le mot « tram » alors qu'il se trouvait justement dedans, et referma *La Rue des Italiens* quand il aperçut les tribunes de l'hippodrome de Wellington. Il releva le col de sa veste, à cause du crachin, et longea l'interminable façade néoclassique de l'hôtel. Il s'arrêta un instant dans le hall pour échanger quelques mots avec le voiturier qui s'intéressait d'assez près aux accouchements aquatiques, sa jeune femme étant enceinte de trois mois, puis il se dirigea vers l'escalier.

Cela faisait plus de six mois qu'il rejoignait Eugénie Bourdier chaque mardi après-midi, dans sa suite du Thermae Palace, et s'il connaissait maintenant la plupart des employés qui assuraient les rotations, à l'accueil, la plus bavarde était sans conteste Margotte. Cette petite rousse originaire de Knokke-le-Zoute où ses parents tenaient une friture, passait la mop dans les couloirs. C'est elle qui avait vanté la fiabilité des naissances dans l'eau auprès du voiturier. Il arrivait à Luc de l'inviter, après son service, à prendre un café en grignotant des spéculoos. Quand il faisait beau, ils s'installaient à la terrasse de l'Ulenspiegel d'où l'on voyait se profiler le casino. Un jour, alors qu'elle évoquait les manies de la seule cliente permanente du Thermae, elle l'avait appelée Astrid au lieu d'Eugénie. Quand Luc le lui avait fait remarquer, ses joues s'étaient empourprées. Il l'avait poussée dans ses retranchements jusqu'à ce qu'elle lui confie ce qu'elle avait appris d'un directeur adjoint qui poussait la conscience professionnelle jusqu'à tester le moelleux de la literie des chambres vacantes. D'après ses confidences, Eugénie Bourdier aurait connu une gloire aussi bruyante qu'éphémère en France, quatre décennies plus tôt, sous le pseudonyme d'Astrid Folley. Luc fut contraint d'avouer son ignorance, cet alias n'évoquant rien pour lui… Il la questionna, la pressant de préciser ses souvenirs, mais Margotte savait simplement qu'elle avait publié deux livres scandaleux, dans l'effervescence des années 1968.

De retour dans son appartement de la Pieterslann, près du Petit Paris, il avait pianoté le nom d'emprunt sur son ordinateur. La notice de Wikipédia se résumait à quelques lignes : « Astrid Folley, née à Meung-sur-Loire le 12 février 1938. Études secondaires à Notre-Dame-de-Sion (Paris). Actrice dans les films de Jean-François Davy (*Le Désir*), Burd Tranbaree (*Possessions*), Noël Simsolo (*Cauchemar*). Elle publie son premier livre, *Les Éducastreuses*, en 1969 chez Itinéraires Libres, rencontrant un important succès dont ne bénéficiera pas son second ouvrage, *La Queen des Kinks* (*La*

Reine des pervers) dans lequel elle relate ses aventures amoureuses avec Raymond Davies, le chef de file du célèbre groupe de rock (*Sunny afternoon*). S'installe à Londres où elle ouvre une boutique de mode. »

Luc posa sa sacoche à ses pieds pour ajuster son col de chemise et discipliner ses cheveux avant de frapper à la porte de la suite. Il suivit la progression d'Eugénie au chuintement des pastilles de caoutchouc du déambulateur sur le sol carrelé de l'entrée. Elle ouvrit, enveloppée d'un nuage d'iris et de vanille qu'il respira profondément en fermant les yeux :

— Shalimar… Un parfum créé pour une princesse et porté par une déesse…

Elle inclina la tête sur son épaule et laissa fuser un petit rire.

— Vous ne croyez pas que vous en faites un peu trop ?

— Je pense au contraire qu'on n'en fait jamais assez pour les gens que l'on aime… La semaine s'est bien passée ? Vous avez fait vos exercices en piscine, comme je vous l'avais demandé ? Et l'appétit ?

Eugénie éluda les deux dernières questions.

— Deux crises seulement, vendredi et dimanche. Et encore, je suis sûre que c'est à cause du froid. Les pièces étaient glacées, l'humidité s'installe et ça vous bloque les articulations.

Il a fallu que je demande dix fois avant qu'on branche un radiateur !

— Allongez-vous sur le divan et relevez votre manche, je vais prendre votre tension…

Il avait fait sa connaissance au début du mois de mai précédent, une des premières vraies journées de printemps. Coiffé d'une casquette blanche à longue visière, il lisait sur la plage en prenant le soleil, adossé au soubassement d'une buvette en cours de montage qui le protégeait du vent. Un polar nordique. Des cris l'avaient soudainement arraché aux réflexions métaphysiques de l'enquêteur scandinave. Il s'était précipité. Une vieille femme d'une belle et incroyable minceur gisait sur l'allée cimentée menant au Thermae Palace. Il avait écarté les badauds, mettant en avant sa condition de médecin, et s'était agenouillé près de l'inconnue pour procéder à un rapide examen.

— Vous avez perdu l'équilibre ?

— Non… Mon pied a buté, je n'ai pas vu la marche…

Il s'abstint de lui faire remarquer que l'allée était dans l'exacte continuité du sol, qu'il n'y avait pas de marche, puis après s'être assuré qu'aucun os n'était brisé, il la fit transporter dans la suite dont elle lui avait donné le numéro. Il était resté près d'elle pour la rassurer et lui poser une série de questions d'apparence anodine, tirant de ses observations un premier diagnostic.

Elle avait été victime d'un malaise et, d'évidence, le responsable en était le traitement qu'elle imposait à son corps. Les conversations avec le personnel de l'hôtel ne firent que le confirmer : Madame Eugénie, comme ils l'appelaient, ne descendaient pratiquement jamais au restaurant, préférant se faire servir ses repas dans sa chambre. Des portions réduites au minimum auxquelles elle ne touchait pour ainsi dire pas. Bien qu'il se soit consacré à la médecine enfantine, Luc Van Hert se souvenait des effets induits par un contrôle excessif du poids, notamment chez les personnes âgées : atrophie des muscles, malaises, pertes de connaissance, chute des cheveux, décalcification, ostéoporose, sans même parler des difficultés relationnelles provoquées par le repli sur soi.

Quand il voulut lui remettre une lettre à destination de son médecin traitant, Eugénie Bourdier lui avoua qu'elle n'en avait pas, à Ostende, tout simplement parce que depuis son arrivée dans la ville, elle n'avait jamais eu besoin de faire appel à un docteur.

— Il faudrait peut-être penser à en choisir un…

Elle l'avait regardé depuis le divan où elle était allongée.

— Pourquoi pas vous ? Vous seriez d'accord ?

— J'aimerais bien, mais ce n'est pas possible. J'étais là par hasard. Je travaille à la maternité de l'hôpital public Henri-Serruys… Ce n'est pas la même branche…

— Une maternité ! Et qu'est-ce que vous y faites ?

— Je forme les sages-femmes aux techniques de l'accouchement aquatique.

Elle s'était redressée et l'avait fixé en écarquillant les yeux.

— Vous voulez dire que des femmes enfantent dans l'eau ?

— Bien sûr. Le mois dernier, on a fêté la cinq millième naissance… On détient le record mondial ! Ça se passe dans une sorte de grand jacuzzi transparent, pour que nous puissions suivre le travail… L'eau est maintenue à 37 degrés, la chaleur du corps humain, et le nouveau-né arrive dans un environnement semblable à celui qu'il a connu durant les neuf premiers mois de son existence. Cela annule pratiquement le choc transitoire. Tant que le bébé n'est pas en contact avec l'air, son réflexe de respiration reste inhibé. J'ai fait un stage en Allemagne pour étudier ce mécanisme d'apnée. C'est une méthode très naturelle. Grâce à elle, on a divisé par dix le recours aux calmants, aux gestes chirurgicaux… Si ça vous intéresse, quand vous irez mieux, vous pourrez venir à la clinique, assister aux exercices des futures mères, dans la piscine…

Elle avait mis les mains en avant, comme pour se protéger de la proposition qu'il venait de faire, lançant dans un souffle : « Rien que l'image de ces corps difformes… » Avant de se reprendre :

— J'aime les enfants, bien que je n'en aie jamais eu… Je ne me voyais pas doubler de volume.

Ils n'avaient plus jamais évoqué le sujet au cours des visites hebdomadaires que Luc continuait à rendre à sa patiente. Tout l'été, Eugénie s'était entichée d'Helena Blavatsky, une autre femme recluse à Ostende au milieu des années 1880 après avoir, comme elle, trouvé un temps un refuge à Londres. Elle avait jeté son dévolu sur *La Doctrine secrète*, un ouvrage écrit face à la Badplaats dans lequel Helena Blavatsky synthétisait tout ce qu'elle avait appris lors d'incessants voyages au contact des sorciers africains, des rebouteux caucasiens, des chamans mongols, des lamas tibétains, des yogis hindous, des spirites égyptiens, des médiums russes, des nécromanciens perses, des psychopompes amérindiens, des devins catalans, des pneumatologues celtes, des tourneurs de tables bretons et des vaudouistes haïtiens…

Il avait suffi à Luc de lire les premières pages du livre où il était expliqué qu'il tenait entre ses mains « la traduction et le commentaire d'un livre inconnu transmis dans une langue inconnue » pour émettre les plus grands doutes sur la théorie des « races-racines » développée par la voyageuse.

— Cela n'a pas empêché le poète Yeats, le

romancier Lovecraft et le Mahatma Gandhi d'exprimer leur enthousiasme pour son travail !

Il n'avait rien trouvé sur le moment à opposer à d'aussi illustres admirateurs.

Le hasard était venu à son secours au début du mois d'août, alors qu'il flânait aux alentours du parc Léopold, entre deux averses. Il était entré sans but précis dans une brocante de la rue Spilliaert. La saison s'y prêtant, la boutique proposait une exposition de cheminées en céramique. Décors flamands, alsaciens, néerlandais ou allemands. Il avait préféré passer dans la pièce réservée aux livres, aux imprimés. Et c'est en fouillant dans une caisse emplie de cartes postales anciennes qu'il était tombé sur une photo d'Helena Blavatsky. Le cliché avait été pris lors de son séjour à Ostende dont on apercevait le port par la baie vitrée de la salle où se tenait l'écrivain. Elle se tenait près d'une table recouverte d'une dentelle, engoncée plutôt qu'assise dans un fauteuil massif, la tête calée par un coussin à franges. Elle regardait le photographe avec étonnement, comme si on venait de l'interrompre dans la lecture du manuscrit posé sur ses genoux. Le brocanteur s'était approché.

— C'est un document assez rare… Vous savez de qui il s'agit ?

— Oui, H.P.B., Helena Petrovna Blavatsky… J'ai lu *La Doctrine secrète*…

— On doit être deux dans cette ville…

— Trois…

Il avait souri.

— Certains prétendent qu'elle se serait largement inspirée du *Livre de Dzyan*… La prise de vue a été réalisée quelques mois avant son départ pour l'Angleterre… Elle était devenue impotente, elle souffrait d'hydropisie… Là, elle pesait déjà près de 120 kg…

Il l'avait cédée pour le dixième du poids, douze euros. Le mardi suivant, jouant les ingénus, Luc Van Hert avait offert la photo à Eugénie. Ses doigts décharnés s'étaient agacés sur le rabat de l'enveloppe qu'un ongle avait enfin réussi à soulever. Un silence glacé avait succédé à la fébrilité de la vieille femme. Un coup d'œil au cliché, un autre tout aussi froid sur le donateur. Le cadeau avait immédiatement rejoint le cimetière d'un tiroir. Ils n'avaient plus jamais évoqué Helena Blavatsky ni son œuvre. La révélation de la surcharge pondérale de l'idole avait eu raison de l'autorité du poète, du romancier et du Mahatma !

Leur première et unique dispute avait éclaté à la mi-décembre, alors que l'on installait des guirlandes de lumière le long des rues et que des Pères Noël en plastique faisaient semblant d'escalader les façades. Luc était entré dans l'appartement du Thermae Palace en sifflotant mécaniquement un air qu'il avait entendu en longeant la Koningin Astridlaan :

Save me, save me, save me from this squeeze.
I got a big fat mama trying to break me.
And I love to live so pleasantly,
Live this life of luxury,
Lazing on a sunny afternoon.
In the summertime
In the summertime
In the summertime…

Eugénie avait traversé le salon à toute vitesse, au risque de démantibuler son déambulateur.

— Pourquoi sifflez-vous cette chanson ?

Il n'avait pas pu répondre dans l'instant, sa conversation avec Margotte, l'employée du Thermae Palace, lui revenant en mémoire au même moment.

— Quelle chanson ?

— Je ne suis pas idiote, c'est *Sunny Afternoon*, le plus grand succès des Kinks… Si vous savez qui je suis, pourquoi ne pas l'avoir dit ! Pourquoi continuer à jouer la comédie ? Vous ne valez pas mieux que les autres, plus malin, plus patient peut-être… Qu'est-ce que vous cherchez ? Hein !

Luc avait reculé devant l'assaut. Son dos heurta la baie vitrée.

— Rien, je ne cherche rien… J'ai simplement repris un air qu'on jouait dans la rue… Moi, ce n'est pas *La Brabançonne* ni le *Vlaamsee Leeuw* qui me font vibrer mais les rocks des années soixante… Quand ça rentre par une oreille, ça ne ressort pas par l'autre.

Il se rendit compte qu'elle était devenue hermétique à toute forme d'humour.

— Vous avez lu mes livres, ça vous a plu de regarder par le trou de la serrure ?

— Non, je n'ai même pas essayé de me les procurer…

— Qu'est-ce qui vous a le plus excité, les passages avec Ray Davies, avec son frère Dave, avec Mick Avory, le batteur des Stones, à moins que ce ne soit ceux avec Peter Quaife ? Alors…

— Je me fiche de ce qui s'est passé il y a quarante ans, je regarde vers l'avenir…

— Vous osez me parler d'avenir, dans l'état où je suis ! L'avenir c'est infini, ça ne se compte pas en jours… Je vais vous dire à quoi se résume l'avenir pour des gens comme vous… À ce que vous pourrez tirer d'une vieille folle qui vit à l'année dans un palace !

L'injure l'avait cloué sur place.

— Vous n'avez pas le droit de tout salir… Ne soyez pas injuste. Le hasard m'a placé sur votre chemin… Mon métier, c'est de donner la vie. Avec vous, je donne un peu de la mienne, voilà tout.

Luc avait pris la porte quand elle s'était mise à crier pour couvrir ses paroles. Il s'était bouché les oreilles, alors qu'il descendait l'escalier, pour ne plus entendre l'air qui continuait à résonner dans sa tête :

Help me, help me, help me sail away,
Well give me two good reasons why I oughta stay.
Cause I love to live so pleasantly,
Live this life of luxury,
Lazing on a sunny afternoon.
In the summertime
In the summertime
In the summertime…

Il avait marché une heure durant le long du rivage, droit devant lui, à contre-vent pour finir par échouer dans un bar de la Langestraat. Plus loin, des jeunes faisaient la file sous l'auvent d'une échoppe pour commander du poisson frit et des caricoles. Un type plein de bière était venu choquer son verre contre le sien.

— Tu n'es pas d'Ostende, toi…

— Non, je suis d'Anvers. À quoi tu vois ça ?

— Tu ne bois pas à la mesure de ce que t'es triste…

La formule l'avait amusé et il avait demandé au barman de refaire le niveau, à la pression. Luc avait croisé le regard vitreux.

— C'est une histoire de bonne femme ?

— Oui, mais pas au sens où tu l'entends… Disons qu'on était amis…

Le pochard s'était largement mouillé les lèvres avant de répondre.

— Avec les femmes, amour ou amitié, on est toujours perdants… Quand il y en a un qui s'en sort, comme James, il y en a dix qui plongent.

Au large, sur une barge illuminée comme un sapin de Noël, on distinguait les silhouettes des ouvriers qui draguaient le chenal, sous la bruine, pour éviter l'ensablement. Les projecteurs éclaboussaient le jaune des uniformes en plastique, éparpillant les reflets au creux des vagues. Il releva son col de veste et, le vent hurlant à ses oreilles, il prit la direction de la place du marché. Perdu dans ses pensées, il entendit au dernier moment le crissement du caoutchouc sur les pavés, un bruit qui, dans son esprit, se mit à accompagner le chuintement du déambulateur sur le carrelage de la suite. La dernière image qui s'imposa à lui, quand la voiture le percuta, fut celle d'une série de valises sombres posées par ordre de grandeur derrière les vitres d'un bel-étage. Le bleu-vert de la pierre, la peinture écaillée, le marron du cuir, l'éclat des ferrures… Puis il avait sombré dans le néant.

Six mois plus tard, à peine sorti de la clinique bruxelloise où son corps avait dû réapprendre les automatismes de la vie, Luc Van Hert avait réservé sa première visite aux plages sans fin d'Ostende. Il lui faudrait encore être patient avant de reprendre sa place à la piscine d'accouchements. Son cœur s'était mis à battre quand l'imposante façade néoclassique du Thermae Palace avait remplacé l'horizon. Un employé qu'il ne connaissait pas travaillait devant l'ordinateur, à la réception.

— Vous pouvez me dire si madame Eugénie Bourdier est toujours chez vous ?

Il avait consulté son écran.

— Bourdier... Bourdier... Désolé, monsieur, nous n'avons personne de ce nom dans notre hôtel...

Alors qu'il traversait le hall en direction de la promenade, il avait croisé le directeur adjoint, celui qui faisait des confidences à Margotte, la petite rousse, dans les chambres inoccupées.

— Monsieur Van Hert ! Je suis heureux de vous revoir... Nous avons cherché à vous joindre quand madame Bourdier est tombée malade... Elle vous réclamait...

Il lui raconta, en prenant soin de choisir ses mots un à un, qu'elle l'avait attendu chaque mardi en se laissant doucement aller à la mélancolie.

— Elle ne mangeait pratiquement plus, et à la fin, elle ne prenait même plus la précaution de faire disparaître ses repas dans les toilettes... Elle est morte à la fin du mois de janvier... Dans sa chambre, nous avons trouvé une lettre qui vous était destinée… Si vous avez un moment, je vais aller la chercher…

Luc la décacheta face à la mer du Nord. Une photo venue du passé. Sur les traits d'Eugénie affleurait le sourire d'Astrid Folley, le double qu'elle s'était inventé. Il reconnut les frères Davies, Mick Avory l'ancien batteur des Stones et John Lennon, de profil. La Queen des Kinks… Des notes de musique flottaient dans le vent venu d'Angleterre :

Live this life of luxury,
Lazing on a sunny afternoon.
In the summertime
In the summertime
In the summertime.

VOX POPULI

Je marchais dans les rues du Quartier latin, à Nouméa, à la recherche d'une boulangerie, alors que le soleil de 6 heures du matin plombait déjà. Un type d'une soixantaine d'années a fait crisser les pneus de son 4 × 4 sur l'asphalte ramolli. Il s'est éjecté de l'habitacle pour venir se planter devant moi.

— C'est vous qui êtes passé à la télé hier soir ?

J'ai acquiescé.

On avait en effet diffusé un reportage sur ma rencontre avec des lycéens de Canala, la région d'où était originaire Éloi Machoro, un leader kanak exécuté sur ordre gouvernemental par un tireur d'élite de la gendarmerie française, il y avait presque vingt ans. Je n'avais pas parlé de cela, devant la caméra, mais des ancêtres de ces adolescents qui furent exposés derrière les barreaux d'un zoo de l'Exposition coloniale, à Paris, en 1931. Ils découvraient une partie de leur histoire au travers d'un de mes livres, étudié en classe. Le journaliste avait illustré le sujet au moyen d'actualités d'époque, de témoignages.

Le type au 4 × 4 s'est rapproché de moi, presque à me coller.

— Vous n'avez pas le droit de raconter des choses pareilles. Vous ne les connaissez pas. C'est pas vous qui vivez avec eux !

— Je n'ai rien dit qui ne soit vérifié… Il y avait des images d'archives qui prouvent que c'est malheureusement ce qui s'est passé.

Il a haussé les épaules.

— Le problème, c'est pas que ce soit vrai ou pas, on s'en fout. Il faut pas leur mettre des idées révolutionnaires dans la tête.

Je n'ai pas insisté, je suis reparti en quête d'une baguette en pensant que les idées de Machoro avaient été atomisées par une balle ajustée depuis l'Élysée. Après avoir avalé un café, j'ai pris la route du Grand Sud, en compagnie de Jocelyne, et je me suis paumé dans les montagnes rouges, au bord des forêts noyées. Les trois ou quatre Kanaks à qui j'ai demandé mon chemin avait également regardé l'émission, à la télé, cela se voyait à leur sourire et à la poignée de main dont ils accompagnaient notre retour sur le droit chemin.

Deux jours plus tard, j'étais sur l'île des Pins. Pas une croix dressée sur le cimetière des Communards. Et partout, dans l'air, dans les embruns, dans les cris des oiseaux, la présence de Louise Michel que le type au 4 × 4 n'aurait pas pris la peine d'interpeller.

Il se serait contenté de l'écraser.

LES SORCIERS DE LA BESSÈDE

Au dixième claquement du métal, j'ai plaqué ma main sur le combiné pour épargner l'accès de mauvaise humeur à mon correspondant.

— Tu peux arrêter de faire joujou avec le couvercle de ton briquet ? Je bosse et ça m'empêche de réfléchir…

— Excuse-moi, c'est nerveux… Depuis que j'ai cessé de fumer, c'est plus fort que moi, il faut que je m'occupe les mains.

Il était arrivé vingt minutes plus tôt, au débotté, avec sa boîte de photos sous le bras, des tirages de 20 centimètres sur 30 qu'il avait étalés sur le bureau, la commode, la photocopieuse, puis il avait tapissé le sol lorsque toutes les possibilités aériennes avaient été épuisées. Des visages barbouillés, en noir et blanc. Quand la sonnerie du téléphone avait retenti, il s'était collé une cigarette entre les lèvres avant de faire jouer le mécanisme de son Zippo, à vide, comme pour la narguer. Clic, clac, merci Kodak… De temps à autre, je devais déplacer une de ses œuvres pour prendre un document, et il la remettait en surface dès que je reposais mon papier griffonné. J'ai fini par raccrocher, écourtant la conversation.

— C'est quoi, ce cinéma, Bertrand ? Tu ne peux pas attendre tranquillement ? On se connaît depuis la maternelle, mais ce n'est pas une raison pour que tu te comportes comme un môme !

Il a fini par s'asseoir, une fesse en équilibre sur l'accoudoir du fauteuil.

— Ne me dis pas que c'était l'affaire du siècle… Un cocu en goguette ?

J'ai haussé les épaules, fataliste.

— Ils me font vivre, et je ne crache pas dans la soupe. Comme l'amour est aveugle, je suis l'œil des jaloux. C'est ta prochaine exposition ?

Un sourire a furtivement éclairé ses traits.

— Oui… En fait, ça dépend de toi, Michel…

— Tu as frappé à la mauvaise porte, je suis tout sauf mécène. En fouillant bien, je peux trouver un marteau et des clous, pour l'accrochage.

Bertrand s'est baissé pour se saisir de l'un des portraits qu'il a brandi devant moi. Le regard, sur le papier mat, m'a transpercé. Les yeux globuleux, à la Peter Lorre, l'acteur traqué de *M le Maudit*, émergeaient d'un visage noirci par la suie et l'on ne pouvait qu'être bouleversé par l'immense tristesse qui les noyait. Au second plan, le fantôme d'un camion-grue au toit défoncé émergeait de la brume épaisse qui montait d'une clairière

— J'ai besoin que tu le retrouves…

— Tu me payes comment ? Son poids en antidépresseurs ?

Il a lancé la photo sur mon bureau.

— Je suis très sérieux, Michel. Depuis que j'ai capté ce désarroi, il y a six mois, impossible de m'en défaire. Je ne me suis jamais pris pour un génie, mais une photo de cette force, on n'en fait pas deux dans sa vie. C'est la pièce maîtresse de mon expo, celle autour de quoi tout s'organise. Le problème c'est que, si pour toutes les autres j'ai obtenu les autorisations écrites et signées d'utilisation, pour celle-là, je n'ai rien. Le gars était d'accord pour que je le shoote, mais la rencontre a été tellement forte que je n'ai pas pensé à sortir le formulaire… Je suis redescendu la semaine dernière. C'est là qu'on m'a appris qu'il avait disparu depuis plusieurs semaines.

J'ai retourné la photo pour échapper à son naufrage.

— On dirait un homme des bois… J'ai du mal à croire qu'il pourrait se pointer dans une galerie branchée du VIe arrondissement pour faire un scandale… Qu'est-ce que tu risques ?

— La question n'est pas là. Je veux qu'elle soit imprimée en première page du catalogue, que ce soit le cliché fourni à la presse, pour les articles, qu'il circule sur Internet, que le monde entier s'y confronte... Je ne passe pas dans la clandestinité. Le directeur de la galerie refuse de prendre le risque et je le comprends. Il a traîné un procès pendant trois ans pour avoir diffusé la photo d'un tatouage. Un papillon guerrier en gros plan sur une épaule anonyme. Le tribunal l'a lourdement condamné, ainsi que le photographe, en reconnaissant au seul manieur d'aiguilles la propriété artistique du motif. Depuis, il est traumatisé. On ne sait plus quoi cadrer. Tout le monde réclame sa dîme, les propriétaires de bicoques, les architectes, les aménageurs de carrefours... L'image du monde est à péage. Je cogne rarement à ta porte, Bertrand. Rends-moi ce service...

Il n'avait pas à en dire davantage pour rappeler tout ce que je lui devais. À une époque, boire m'empêchait de voir. Je m'étais usé les phalanges sur sa porte, non qu'il refusât de me l'ouvrir mais bien parce que je revenais souvent. J'avais un pied dans le ruisseau et l'autre en était jaloux. Tout le monde se détournait de moi, jusqu'à mon reflet, et Michel avait été le seul à me tendre la main. Pendant des mois, il m'avait accompagné dans mes minables virées nocturnes, équipé d'un appareil à objectif infrarouge. Peu à peu, les clients m'avaient refait confiance. Moi qui ne tenais plus à la vie que du bout des ongles, j'avais réussi, grâce à lui, à ce qu'une plaque porte mon nom autre part que dans un cimetière. Depuis quelque temps, il essayait, sans trop de succès, de me rabibocher avec mon fils. J'ai poussé un long soupir.

— Tu as de la chance, il me restait quelques jours de RTT sur les bras. Où est-ce qu'elle se trouve, ton école de maquillage ?

Il a déplié une carte de France et pointé son doigt assez bas.

— Là !

Le lendemain, à deux heures de l'après-midi, j'y étais. Bertrand m'avait confectionné un petit album photocopié avec tous ceux qui s'étaient laissé photographier lors de son reportage dans la région. Dans la marge, il avait noté les coordonnées de chacun en regard de son image. Je m'étais garé sous les remparts de la cité cloîtrée, le nez de la voiture surplombant la vallée de la Nauze et les forêts serrées du Périgord noir. Bien que le mois de septembre fût bien avancé, des groupes de touristes sillonnaient les rues escarpées, l'œil aux aguets, buvant les paroles d'un guide lyrique : « Belvès est un petit bouquet urbain serré et aérien brandi par-dessus les arbres… » Je les ai suivis un moment, dans le seul but de me dégourdir les jambes après six cents kilomètres d'autoroute. Ils ont fait halte dans une venelle, se sont massés devant un filet de ferraille incrusté dans la pierre, se sont penchés vers une plaque minuscule, les mirettes écarquillées pour lire un hommage au docteur Quinquet qui inventa là, trois siècles plus tôt, l'éclairage public auquel il offrit son nom. J'ai pris une rue couverte, une enfilade de passages en traboule pour déboucher sur la place d'Armes au centre de laquelle se dressaient les potences d'une halle. C'est ici, au-dessus de l'agence du Crédit Agricole, qu'habitait la sœur de Boris Achelard, le charbonnier disparu. J'ai jeté un regard à la façade à colombages, aux balcons en fer forgé avant de grimper l'escalier. Une femme en bigoudis, visage fatigué, a ouvert avant même que je frappe à sa porte. Elle m'a toisé en faisant la moue.

— C'est pas vous que j'attendais. Qu'est-ce que vous voulez ?

— Je cours après votre frère. Il a oublié de signer un papier… Vous savez où je peux lui mettre la main dessus ?

Elle a sorti une boîte familiale d'allumettes et un paquet de cigarettes de sa poche ventrale de tablier, en a prélevé une dans chaque.

— Je vous souhaite bien du courage… Je n'ai plus aucune nouvelle de lui depuis trois mois. Il doit prier dans les bois.

Je me suis reculé pour échapper à son nuage de fumée.

— Trois mois dans les bois ? Il faut bien qu'il sorte de temps en temps, ne serait-ce que pour faire des courses…

Elle a marché vers la salle à manger en me faisant signe de la suivre.

— Ils sont quelques-uns à passer leur vie dans la forêt de la Bessède qui démarre en bas du village jusqu'au plateau de Cadouin. Ils connaissent tous les chênes, toutes les sources, les habitudes des animaux. On dit que pendant la guerre, certains sont restés cachés pendant trois ans sous les branches sans franchir la lisière. Il est pressé, votre papier ?

— Assez… Normalement, je dois repartir demain soir…

Elle a versé du café dans deux verres Duralex.

— La dernière fois qu'il a fait une crise, on ne l'a pas vu pendant six mois ; c'est les grands froids qui l'ont obligé à se montrer.

Je me suis servi deux cuillerées de sucre en poudre.

— C'est quel genre, ses crises ?

— Pas méchantes, rassurez-vous. Il se prend pour un arbre déraciné.

J'ai avalé une assiette de charcuterie dans un bistrot de la rue du Fort avant de prendre la route de Villefranche-du-Périgord sur quelques kilomètres. Sur la droite, une route en lacets menait à Mondo, un lieu-dit de la commune de Larzac. Je roulais, le bloc-notes ouvert sur le portrait de Jean-Michel, moustache anthracite, yeux charbonneux, bob avachi sur le crâne. Il m'attendait assis sur une pierre, devant sa ferme, un chien de berger allongé à ses pieds. On s'est installés dans la cuisine entre la cheminée et une télé qui diffusait une *novela* à destination d'un couple de perruches immobiles dans leur cage. Sa femme nous a quittés pour accompagner un contrôleur des impôts qui venait vérifier que le nombre de plants de tabac n'était pas en excédent, dans leur champ. Jean-Michel s'est servi une dose de pastis sans alcool.

— Il y en a du vrai si vous préférez…

J'ai fait le sobre. On a trinqué : ça avait un goût doucereux, proche de la boisson à l'antésite de mon enfance.

Il a regardé les photos, s'est attardé sur la sienne en souriant.

— Je ne comprends pas pourquoi vous vous donnez tant de mal pour retrouver Boris. C'est tout juste s'il sait lire et écrire. Une croix suffirait et tout le monde n'y verrait que du feu… Tout petit, il courait déjà les bois avec son aïeul, le père Igor…

Les perruches ont voleté, affolées par une engueulade brésilienne.

— Ce n'est pas spécialement des prénoms d'ici…

— Le boulot de charbonnier est tellement difficile qu'il n'y a pas beaucoup de volontaires. Il faut être pris à la gorge pour le faire. J'ai arrêté au début de l'année, à cause de problèmes de santé.

Je bossais avec des Marocains, des Portugais, des Espagnols, des Algériens… Lui, Boris, ça remonte à plus loin : des soldats russes qui sont restés après la guerre de 14-18 quand il n'y avait plus personne pour s'occuper des champs. Il paraîtrait que c'étaient des déserteurs ou des mutins. En tout cas, ils connaissaient bien la forêt. Le vieux ne supportait pas d'être commandé, il travaillait à son compte. Dès que le môme a su marcher, il l'a pris sous son aile. Ils s'enfonçaient dans les futaies, trouvaient une clairière ou en aménageaient une à proximité d'un ruisseau pour construire leur hutte. Ensuite, ils abattaient des arbres, du chêne, qu'ils débitaient pour monter la meule. J'en ai vu qui faisaient jusqu'à cinq mètres de hauteur. Elles mettaient près d'une semaine à se consumer pour donner six ou sept tonnes de charbon de bois. La seule différence avec nous, c'est qu'ils ne le mettaient pas en sacs, ils livraient tout en vrac, sans trier.

— J'ai discuté avec sa sœur. Elle semble dire que Boris avait un grain…

Il a poussé vers moi un compotier rempli de raisin noir.

— Prenez-en une grappe, il est bien sucré. C'est la pleine saison, elle ne dure pas. J'ai une dizaine de pieds de muscat le long de la grange… Du producteur au consommateur ! Je ne mets rien dessus. Vous savez, Boris avait ses manies, comme tout le monde. Peut-être un peu plus sauvage, plus enfermé dans sa tête que la moyenne… On a coutume de dire ici que le feu couve plus souvent dans une âme que dans l'âtre. On n'oublie pas qu'on est en plein cœur du pays de Cro-Magnon, avec les grottes du Grand-Roc, de Carpe-Diem, de Bara-Bahau, le gouffre de Proumeyssac, tous ces refuges où les hommes des cavernes frottaient le bois contre le bois pour donner naissance au feu. C'est toujours aussi fascinant. On se lasse de l'eau qui coule, mais jamais des flammes qui dévorent le monde en dansant.

Je l'ai regardé droit dans les yeux.

— Vous avez une petite idée d'où il se cache ?

— Franchement, non. La plus longue conversation que j'ai eue avec lui, c'est quand il m'a parlé de tous les campements où il avait vécu avec son grand-père, dans la Bessède. Il s'en souvenait avec une précision incroyable. Il était capable de vous décrire un arbre au pied duquel il avait dormi vingt ans plus tôt… S'il est parti dans ce fouillis, il n'est au pouvoir de personne de le retrouver.

Sur le chemin du retour, un lourd nuage de fumée grise noyait la route, à l'approche de Belvès. Je suis entré dedans à pleine vitesse. Le monde a aussitôt disparu. J'ai écrasé la pédale de frein sans parvenir à éviter le choc avec le véhicule qui me précédait et que je n'avais aperçu qu'au moment où je le percutais. J'ai branché les feux de détresse, je me suis rangé sur le bas-côté et je suis sorti pour constater les dégâts. Le pare-chocs fêlé, un phare éclaté, de la tôle esbignée. Le paysan est descendu de son tracteur. Il a donné deux coups de pied contre sa herse relevée.

— Un jour, il va y avoir des morts à cause d'eux ! Dix ans qu'on demande qu'ils aillent fabriquer leur charbon plus loin dans la forêt... Vous voulez qu'on fasse des papiers... C'est surtout pour vous, parce que moi, j'ai rien.

Il habitait une ferme, un peu plus loin, avec vue depuis sa terrasse sur les murailles de la cité close. On a rempli le constat en buvant un apéritif maison dans lequel macéraient des cerises. J'ai plié la déclaration pour la ranger dans mon portefeuille, entre les cartes grise, verte et bleue.

— Ce serait drôlement idiot de mourir à cause d'un barbecue !

— Le seul problème, comme je vous le disais tout à l'heure, c'est qu'ils sont trop près de la route. Dès que leur bois est un peu humide, ils font tomber le rideau ! Il y a toujours eu des charbonniers dans la région, depuis des millénaires, c'est-à-dire bien avant l'invention du barbecue. Je me sers encore des outils de mes grands-parents qui ont été forgés grâce au charbon de bois... C'est comme ça que ça a démarré, la métallurgie. Les gens de la ville, même ceux d'ici, ne se souviennent plus que le maréchal-ferrant le choisissait avec soin, que le chêne bien étouffé donnait un meilleur acier… Aussi bizarre que ça puisse paraître, le charbon de bois dégage plus de chaleur que les bûches, que la houille… Le métal montait au rouge en un rien de temps ! Sans compter qu'à un moment, ils faisaient marcher les voitures avec…

J'ai regardé la mienne qui faisait triste mine, du papier adhésif marron sur ses plaies.

— De l'essence de branche ! Vous êtes sûr ?

— Et à quoi croyez-vous que ça fonctionnait, les gazogènes, pendant la guerre ? C'est la combustion du charbon de bois qui actionnait les pistons et faisait tourner la mécanique. On peut dire que c'est l'ancêtre du moteur au GPL…

Nous nous sommes séparés alors que le soleil jouait à cache-cache avec les sept clochers de Belvès. La brume s'était dissipée, seul un filet bleuté se frayait un passage entre les cimes des arbres. J'ai filé dans sa direction.

Je me suis garé près d'un baraquement aux planches disjointes. Un homme me tournait le dos. Le torse moulé dans un maillot aux armes d'une université américaine, il maintenait le fer d'une hache entre ses brodequins dépourvus de lacets pour couper de la ficelle en la frottant sur la lame. Devant lui s'étendait une sorte de gangue, mélange de terre, de copeaux, de cendres, délayés dans l'eau des dernières pluies. Un camion à la carrosserie défoncée cahotait dans les ornières et la flèche dressée de sa grue balayait le paysage à la manière d'un essuie-glace démesuré. Il s'est arrêté devant l'une des cuves noircies. Le conducteur a amené les serres de l'engin au centre du couvercle qu'il a bientôt soulevé. Quelques volutes se sont échappées, vite rabattues par le vent. Un autre ouvrier a posé une échelle tordue sur le flanc de l'immense cocotte puis il a grimpé les échelons, un tuyau à la main pour arroser les ultimes flammèches. Un autre l'a rejoint, avec des pelles, pour sortir le charbon de bois et en remplir des caisses. J'ai contourné une flaque sombre dans laquelle se reflétait tout un alignement de cuves rondes ou octogonales. Le chauffeur du camion se roulait une cigarette, assis sur le marchepied. Il m'a adressé un signe de tête auquel j'ai répondu.

— Pas simple, comme boulot…

— Le principal, c'est d'en avoir… Vous voulez voir le patron ?

J'ai pris le cahier de Bertrand dans ma poche de veste.

— Non, je suis un ami du photographe qui a passé quelques semaines dans le secteur, l'année dernière… Il vous a pris dans votre cabine… Tenez, vous êtes là…

Je l'ai feuilleté devant lui en observant ses réactions. Il a baissé le nez, détourné le regard, quand j'ai prolongé la pause sur le visage de Boris Achelard.

Je ne l'ai pas attaqué bille en tête.

— On dirait que c'est du vieux matériel... Ça marche toujours ?

— Tout part à la casse le mois prochain, on va toucher des cuves neuves équipées de tout un tas de gadgets. Il faudra quand même des bras... C'est pas sorcier, le charbon... On charge chaque vase jusqu'à la gueule, entre quatre et cinq tonnes suivant la densité du bois, après on met le feu. Le coup de main, c'est de savoir exactement à quel moment l'étouffer pour ne pas que tout parte en cendres. On ferme d'abord les ouvertures du bas puis on les rend bien étanches, ainsi que le couvercle, avec de la boue de terre fine. Le lendemain, à la même heure, on enlève le chapeau : il ne reste plus qu'à récolter...

Il a rallumé sa cigarette pour la troisième fois.

— Il travaillait où Boris ? À la coupe, à la charge, à la récolte ?

Il a laissé brûler l'allumette entre ses doigts.

— Pourquoi vous n'arrêtez pas de me parler de Boris ? Si vous avez quelque chose à lui demander, allez le chercher. Il est parti dans les bois. Je suis pas sa nounou !

J'ai marché vers le hangar où deux yeux brillaient dans l'obscurité. En me dépassant, le côté droit du camion s'est couché dans une fondrière, projetant une vague visqueuse sur mon pantalon, sur tout le bas de ma veste. La femme tapie dans l'ombre s'est avancée. Elle était couverte d'une pellicule de suie, de la tête aux pieds, et c'était comme si l'ombre venait avec elle.

— Faut pas lui en vouloir… Avec les nouveaux fours, il risque d'y avoir des licenciements. Tout le monde est sur les nerfs.

J'avais également sa photo, sur le calepin. Elle est retournée près de la trémie, pour calibrer le charbon de bois qu'elle ensachait ensuite avant de lier le paquet avec la ficelle que le type découpait au fil de la hache au moment où j'étais arrivé. De temps en temps, elle cassait les plus gros morceaux à l'aide d'un bâton.

— Depuis une semaine, on fait les coupes de sapin. C'est le moins cher et c'est le plus dur à travailler. En plus, comme il est bourré d'essence, c'est pas rare qu'il reparte à flamber sur le tapis roulant. Un coup de pousse dans le tas, c'est toute la cabane qui part en fumée. J'en suis à ma vingt-cinquième palette depuis ce matin…

Elle faisait ses phrases par bribes, reprenant son souffle entre chaque groupe de trois ou quatre mots. Je n'étais pas dans le hangar depuis un quart d'heure que la gorge me grattait déjà, irritée par la suie en suspension. Je suis resté à la regarder remplir sa vingt-sixième palette pendant que les autres ouvriers de la charbonnière prenaient une douche à tour de rôle dans un autre baraquement. Je m'en suis voulu de lui tendre un piège aussi grossier, persuadé d'avance qu'elle ne manquerait pas d'y tomber.

— Il est mort quand, Boris ? Vous vous en souvenez ?

Elle a posé un sachet rayé de vingt litres en haut de la pile.

— La veille de la Saint-Jean…

Elle a aussitôt voulu rattraper les mots qu'elle venait de lâcher.

— Je ne vous ai rien dit… J'y suis pour rien. Vous étiez déjà au courant…

J'ai fait comme si c'était vrai, sachant que ça allait la rassurer. Je savais aussi que cela l'amènerait à se confier à moi.

— Oui, j'ai vu sa sœur cet après-midi, ainsi que l'ancien brûleur qui fait maintenant pousser du tabac. Vous étiez là quand ça s'est passé ?

— Non. Je ne dors plus la nuit tellement ça siffle dans mes bronches. Dès que je suis couchée, j'étouffe. Je passais une radio des poumons à l'hôpital de Cahors. Je l'ai su le lendemain matin, en arrivant. Il remplissait une cuve ronde à la main, la 24, quand son cœur a lâché. Les copains ont essayé de le mettre dans une voiture sauf qu'il a refusé. Il avait compris qu'il n'en avait plus pour longtemps et il voulait mourir en regardant les arbres. Juste avant de passer, il leur a fait promettre de ne pas l'enterrer. Il supportait pas de finir dans la pourriture. Le voile était sur ses yeux quand il leur a demandé qu'ils le mettent au-dessus des rondins, au sommet de la 24… Je peux vous dire que celle-là, je l'ai triée en chialant. Aujourd'hui, je suis sûr qu'il ne brûle pas en enfer mais qu'il brille au paradis.

Je suis rentré dans la nuit, le phare orphelin de la voiture dévorant les ténèbres. Il n'était pas encore 8 heures quand j'ai sonné à la porte de l'atelier de Bertrand. Il m'a ouvert, pieds nus, enveloppé dans un drap blanc à la manière d'un empereur romain.

— C'est toi ? Tu es déjà de retour ?

— Oui. Tu as du café ?

Il m'a poussé vers la cuisine.

— Il suffit d'appuyer sur le bouton. Parle moins fort, il y a du monde.

En vidant le contenu d'un bol, je lui ai raconté tout ce que j'avais appris sur Boris auprès des prolos de la charbonnière de la Bessède.

— Je leur ai promis que tu serais le seul à être mis dans la confidence. Qu'est-ce que tu vas faire, pour ton expo ?

Il s'est dirigé droit sur son labo dont il est ressorti avec les portraits de Boris. Il a pris le Zippo sur la table puis il a basculé le couvercle du briquet avant de poser le pouce sur la molette. J'ai détourné la tête quand les flammes ont dansé dans les yeux du charbonnier.

FOUS DU FOOT

La première alerte sérieuse eut lieu à Marseille, le 21 avril 2010, quand un élève au crâne minutieusement rasé se présenta devant la grille du lycée Gaston-Crémieux, le torse moulé dans un maillot de gardien de but bleu ciel aux armes de l'Olympique de Marseille.

Une heure plus tard, alors que les dépêches d'agence relatant cet incroyable coup de force étaient en cours de rédaction, un autre lycéen tentait de pénétrer dans l'enceinte de l'Institution Édith-Piaf, à Paris, revêtu de la panoplie complète des supporters du PSG. Dans un cas comme dans l'autre, après un flottement bien compréhensible, l'administration de ces deux établissements isola les provocateurs en attendant de recevoir des instructions du rectorat, tandis que les forces de l'ordre prenaient position autour des périmètres scolaires. Toute la journée, des équipes de psychologues se relayèrent auprès des deux jeunes contrevenants, mais lorsque retentit la sonnerie mettant fin aux cours, il fallut se rendre à l'évidence : ils persistaient dans leur attitude, employant les mêmes arguments pour justifier leur accoutrement, bien qu'il fût rapidement établi qu'ils ne se connaissaient pas. Les services de renseignements, aidés par la cellule de contrôle des messageries télématiques, n'avaient trouvé aucune communication de connivence sur leurs portables, ni sur les disques durs des divers ordinateurs qu'ils utilisaient. Que deux individus aient pu, au même moment et de manière indépendante, braver publiquement la loi de séparation du Sport et de l'État n'en était que plus inquiétant. C'était le signe que le dispositif adopté trois ans plus tôt pour juguler l'emprise des Fous du Foot commençait à se lézarder.

Au cours des jours qui suivirent, on vit apparaître des graffitis en faveur du Red Star sur les murs de toute la Seine-Saint-Denis. Dans le même secteur, un mystérieux commando Rino Della Negra se mit à peindre sur les murs les étoiles à cinq branches qui ornaient les maillots du club de Saint-Ouen fondé par Jules Rimet, l'inventeur de la défunte Coupe du Monde. L'inspecteur Folteil, un limier du Quai des Orfèvres, parvint à retrouver la trace de ce Della Negra dans de vieilles archives réformées datant de l'Occupation. Il s'agissait en fait du nom de l'ailier droit du club audonien, de 1940 à 1943, qui partageait son temps de combattant clandestin entre le football et les actions de résistance. Il avait abattu un général nazi, Von Apt, avant d'être blessé lors d'une action contre les troupes allemandes rue Lafayette, en octobre 1943. Un tribunal d'exception l'avait condamné à mort, et il avait été fusillé le 21 février de l'année suivante, au mont Valérien, aux côtés de ses vingt et un camarades du groupe Manouchian dont la mémoire reste attachée à celle de l'Affiche rouge.

Dix jours après les provocations de Paris et de Marseille, on comptait plusieurs centaines d'incidents sur tout le territoire national, et des manifestations analogues touchaient maintenant les vieilles nations footballistiques comme l'Allemagne, l'Angleterre, l'Italie, ou l'Espagne. Un mort fut à déplorer dans ce dernier pays quand un homme quitta les gradins, lors d'une corrida, et vint se placer devant le taureau que la star des arènes, Mariùnes II, s'apprêtait à immoler d'un coup d'épée bien ajusté. L'inconnu se mit à zigzaguer en poussant un caillou du pied, dribbla le bestiau ensanglanté. Un bref moment interloqué, le mastodonte finit par l'empaler sous les « ollé ». Le 1er mai, un kamikaze se fit sauter au moyen d'un ballon piégé à l'entrée principale du golf des Princes aménagé porte d'Auteuil, sur l'emplacement de l'ancien parc du même nom. La semaine suivante, un avant-centre de légende de l'équipe de Verdun s'imbiba d'essence près de l'Arc de triomphe avant d'aller s'asseoir sur la flamme du Soldat inconnu. Un autre, venu de Strasbourg, enjamba la rambarde du troisième étage de la tour Eiffel heureusement retenu par un élastique dont on s'aperçut, une seconde trop tard, qu'il se l'était noué autour du cou. À quelque temps de là, un ex-secrétaire d'État à la Jeunesse et aux Sports, reconverti dans l'élevage industriel de poulets, de cailles, de pintades et de dindons, abattit ses trois millions de gallinacés à la mitrailleuse puis, par désespoir, se jeta dans leur fosse à fiente, près d'Auxerre. Le même jour, un TGV faillit dérailler aux environs de Poitiers en heurtant à pleine vitesse de vieux montants de buts jetés sur la voie depuis un pont. Le lendemain, c'était un avion charter de la compagnie Quick-Air qui s'abîmait en mer près des côtes corses. La boîte noire révéla qu'un passager avait réussi à faire exploser ses crampons piégés, frottant ses chaussures l'une contre l'autre en hurlant « Allez les Bleus ! » À la fin de cette sinistre semaine, un sniper parvint à toucher à la tête le rédacteur de la loi de séparation du Sport et de l'État. La victime survécut. La balle, bien qu'ayant traversé la boîte crânienne, n'avait pas lésé les organes vitaux. S'il fut impossible d'arrêter le tireur, on incarcéra un humoriste qui avait osé prétendre que le projectile n'avait pu atteindre ce qui faisait défaut.

Dans la foulée, on eut à déplorer une série d'attentats de moindre importance comme l'effroyable affaire des sifflets empoisonnés ou celle moins dramatique des lignes blanches incendiaires. Il va sans dire que cela ruina définitivement les chances d'accession à la magistrature suprême du ministre de l'Intérieur dont l'action avait pourtant permis, en interdisant la circulation des voitures particulières le week-end, de faire chuter la délinquance routière de manière spectaculaire.

Pour comprendre comment on avait pu en arriver là, il faut revenir quatre ans en arrière, aux événements tragiques qui agitèrent cette funeste année 2006 qui vit la France remporter sa deuxième Coupe du Monde en battant le Japon sur le score sans appel de 5 à 0. Chacun s'attendait à ce que cette victoire galvanise les énergies et fasse oublier la dureté de la vie, le chômage endémique, la précarité généralisée. Les médias avaient déballé la grosse artillerie et tenté de resservir aux audimateurs la même recette black-blanc-beur que lors du succès de la bande à Zizou huit ans plus tôt. Le moins que l'on puisse dire, c'est que cette fois ça n'avait pas vraiment suivi ! Le gigantesque rassemblement d'accueil des héros, sur les Champs-Élysées, s'était transformé en une manifestation de rejet de tous ceux qui tentaient de récupérer le titre à leur profit. Des colonnes de jeunes supporters s'étaient attaqués aux symboles de la réussite dont ils se sentaient définitivement exclus : les magasins *duty free*, les concessionnaires de voitures de luxe, les fringues-houses, les dealers de musique ou de films… Pour faire bonne mesure, ils s'étaient également vengés en ravageant les restaurants spécialisés dans la bouffe rapide où, l'année durant, ils se parfumaient à la graisse de friture en échange d'une portion de smic. *Le Parisien* avait pu titrer, au lendemain de cette nuit d'émeutes, « La Coupe est pleine », tandis que, pour une fois, *Libération* faisait dans la sobriété avec « Les Champs dévastés ». Un poète aurait ajouté « sont toujours les plus beaux ». Le discrédit qui s'attachait à l'ensemble des formations politiques leur avait interdit de tirer le moindre marron du feu. Le ministre des Minorités Visibles, venu pour la photo, avait failli se faire lyncher en compagnie de Thierry Roland qui appelait les émeutiers à la sagesse depuis le car-régie de TF1. Même Arlette Laguillier, juchée avec le jeune postier et le vieux Krivine sur une nacelle de la Grande Roue de la place de la Concorde, n'avait pas été entendue quand elle s'était adressée à la foule à l'aide de son désormais célèbre « Footballeurs, footballeuses… ».

La surprise était venue de l'avant-centre de l'équipe de France, Freddy Aston, auteur de trois des buts (dont une bicyclette) au cours de la finale contre le Japon. Alors que les caméras captaient son visage pour le projeter en gros plan sur les immeubles de l'avenue, il avait imposé le silence en annonçant qu'il se présentait aux élections présidentielles prévues huit mois plus tard, en avril 2007. Les objectifs glissèrent sur les sourires épanouis de ses coéquipiers tandis qu'il déclarait que le gardien de but Jean-Rachid Ouedda serait son Premier ministre, que tous les titulaires de l'équipe se partageraient les portefeuilles, et que ce n'était pas simplement pour respecter la parité qu'il s'entourerait également des onze membres de l'équipe nationale féminine de football. Des rassemblements de solidarité agitèrent toutes les villes de France pendant la nuit. Les milliers de terrains disséminés dans le pays servirent de cadre à des assemblées qui se constituaient aussitôt en comités de soutien au futur gouvernement des Bleus. Les alliances nouées à cette occasion transcendaient les clivages partisans et *Le Canard enchaîné* put laisser libre cours à son inventivité en sortant un numéro spécial avec la manchette « Ni ailier droit, ni ailier gauche ! ». Le premier sondage réalisé après la folle nuit des Champs-Élysées pétrifia les états-majors. Freddy Aston était crédité de 32 % d'intentions de vote, loin devant Nick Zébulon, le fébrile ministre de l'Intérieur qui précédait John Tulipe, du Mouvement pour un Socialisme Modéré, et Marine Kiravi d'une courte tête.

Les commentateurs rappelèrent alors la tentative électorale de Michel Colucci, dit Coluche, qui avait recueilli 17 % d'approbation en octobre 1980, plombant aussi bien les ambitions de Giscard que celles de Mitterrand. À l'époque, les murs du pays s'étaient couverts d'avis à la population de couleur jaune qui proclamaient :

« J'appelle les fainéants, les crasseux, les drogués, les alcooliques, les pédés, les femmes, les parasites, les jeunes, les vieux, les artistes, les taulards, les gouines, les apprentis, les Noirs, les piétons, les Arabes, les Français, les chevelus, les fous, les travestis, les anciens communistes, les abstentionnistes convaincus, tous ceux qui ne comptent pas pour les hommes politiques, à voter pour moi, à s'inscrire dans leur mairie et à colporter la nouvelle : TOUS ENSEMBLE POUR LEUR FOUTRE AU CUL AVEC COLUCHE, le seul candidat qui n'a pas de raison de mentir. »

On fouilla dans les archives pour comprendre comment l'État avait pu se sortir de ce mauvais pas. Le ministre des Coups tordus de ce temps reculé s'était contenté de faire appel à la fameuse équipe des limiers du commissaire Ladauve, aux Renseignements généraux. Les barbouzes avaient ressorti des placards de vieux dossiers datant de l'enfance du comique, compilé des ragots offerts aux journalistes qu'ils tenaient par la barbichette, manipulé les raisons de l'assassinat d'un proche de Coluche en laissant entendre qu'il y était sûrement pour quelque chose. L'énorme pression exercée sur lui avait conduit le clown à se débarrasser de son écharpe tricolore virtuelle et à se contenter de son nez rouge. Malheureusement, les successeurs de la phalange anti-Coluche étaient tous à la retraite. Pire, leurs successeurs s'étaient montrés moins méticuleux : pas la moindre fiche sur Freddy Aston, rien non plus sur Jean-Rachid Ouedda si ce n'est un retrait de trois points pour défaut de bouclage de ceinture un soir de 14 Juillet, près de la Canebière. On n'invalide malheureusement pas un futur Premier ministre pour si peu !

Après trois mois d'immobilisme, la cote de popularité du buteur était montée à plus de 40 %, et l'on n'écartait plus l'hypothèse d'un couronnement dès le premier tour. Des officines suscitèrent de graves incidents lors de chacune des rencontres sportives du championnat qui servaient de tribunes électorales euphoriques aux partisans des champions du monde. Ces services de l'ombre s'appuyèrent principalement sur les amateurs de bras levés qui peuplent certains virages, dans les stades. On dénombra plusieurs morts à Paris, Nantes, Sochaux et Toulouse. Le carnage provoqué par l'explosion d'une voiture piégée, lors d'une rencontre amicale opposant le club de la police à celui des Restos du Cœur, donna l'occasion au gouvernement d'interdire tous les matchs jusqu'à la fin de l'année. Freddy

Aston, désigné par la presse sous influence comme responsable moral de la tragédie, refusa de quitter son club d'Angleterre pour répondre aux questions des enquêteurs. On en profita pour invalider sa candidature.

En avril 2007, débarrassé de son seul concurrent sérieux, Nick Zébulon se voyait désigné président par défaut. On commença par raser les stades qui menaçaient de se transformer en lieux de pèlerinage. Une sorte de résistance se mit lentement en place. Des hackers faisaient circuler de vieilles retransmissions de matchs sur Intranet, un réseau télématique obsolète dont tout le monde avait oublié l'existence. On se repassait des vignettes Panini comme autant de talismans, on organisait des concours de baby-foot dans les caves secrètes de la grande périphérie en déjouant les espions des Brigades anti-foot. Les forêts reculées abritaient des mausolées où l'on pouvait admirer des statues d'Aston, de Papin, Platini, Lebœuf ou Trésor. Il ne se passait pas une semaine sans que les journaux télévisés annoncent le démantèlement d'un réseau des Fous du Foot, une secte radicale qui était passée à la lutte armée et au terrorisme botulique.

Les efforts de la puissance publique portèrent leurs fruits : toute velléité de reconstitution des clubs dissous fut annihilée. Ce n'est que le 21 avril 2010 que la contestation se fit à nouveau jour, quand un lycéen marseillais se présenta au lycée Gaston-Crémieux habillé du maillot de gardien de but aux armes de l'OM, imité à Paris par un autre élève de l'Institution Édith-Piaf supporter, lui, du PSG. Les nombreux troubles que cette double provocation engendra reposèrent le problème de la légitimité de l'interdiction totale du spectacle de football.

Il fallut attendre la mort, restée à ce jour inexpliquée, de Freddy Aston au printemps 2015, pour que quelques matchs soient de nouveau autorisés, que certains stades de capacité réduite rouvrent leurs grilles. Le ministère s'était arrangé pour que le dispositif soit minimum. Pas de publicité ni de financements, pas d'analyses dans les journaux spécialisés, absence de retransmissions télévisées, interdiction de commentateurs. Une rigueur dans la mise en scène : un espace nu avec une équipe verte d'un côté, une équipe blanche de l'autre. Malgré cette austère présentation, les billets s'arrachèrent et certains se vendirent au marché noir jusqu'à dix fois leur prix. Les amateurs, avides d'émotions si longuement réprimées, se massèrent par dizaines de milliers autour des quatre-vingts terrains de jeu retenus pour les premières rencontres de cette nouvelle Coupe de France dans l'espoir d'un désistement. Seules quelques centaines de privilégiés purent assister dans chaque ville aux affrontements des Verts et des Blancs.

Aucune équipe n'avait le droit d'arborer un quelconque signe distinctif indiquant son origine géographique, les joueurs eux-mêmes devaient demeurer anonymes pour interdire toute renaissance d'un quelconque culte de la personnalité. À cette fin, ils portaient tous une cagoule comme les catcheurs du siècle précédent. D'ailleurs, on surnomma rapidement ceux dont le jeu retenait l'attention l'Ange Blanc, l'Ange Vert, que ce soit à Marseille ou à Paris, à Strasbourg ou à Bordeaux.

Au soir du premier tour des éliminatoires, le hasard voulut que toutes les équipes vertes soient victorieuses. Les matchs des trente-deuxièmes de finale se déroulèrent donc en camaïeu, deux équipes vertes s'affrontant sur une pelouse verdoyante. Les arbitres, qui avaient conservé leur tenue sombre, se débrouillèrent tant bien que mal pour faire respecter le règlement, et six mois plus tard, deux équipes d'anonymes purent se mesurer, toujours en monochrome, pour le titre suprême. Après la mi-temps, alors que les Verts, qui menaient deux à zéro contre les Verts, se préparaient à engager, un joueur encagoulé habillé en rouge des pieds à la tête traversa le terrain dans un silence complet. Il avança jusqu'au point central et s'immobilisa alors que les spectateurs retenaient leur souffle. Il dit « Oh ! pardon » en portant la main devant sa bouche, puis disparut.

Faisant l'inventaire de tout ce qui s'ensuivit, les historiens s'accordent pour affirmer que c'est à compter de cet instant que plus rien ne fut exactement pareil.

MALLE DE BATCH

Le portable avait vibré vers l'intérieur de ma cuisse alors que je m'apprêtais à gober une normande numéro 3 un rien laiteuse. Virginie s'était méprise sur la lueur d'extase qui avait soudainement illuminé mon regard.

— À quoi tu penses, chéri ?

J'avais ingurgité le mollusque, essuyé mes lèvres, mes doigts, avant de plonger la main dans la poche de mon pantalon.

— À rien… Excuse-moi, je crois qu'on m'appelle…

Son visage s'était fermé, comme une huître. Tout en adressant des mimiques d'excuse à ma récente conquête, je m'étais arrangé pour ne pratiquement pas répondre à mon interlocuteur, seulement des « hum », des « hein », des « ah », conscient d'être sous le regard réprobateur des convives de l'Hôtel du Fort et des Îles qui se vivaient en Robinsons, le temps d'un week-end, et qui ne supportaient pas que Vendredi soit abonné au téléphone.

Nous étions arrivés le matin même, par la vedette *Jolie France*. Il était prévu que nous resterions jusqu'au lundi matin sur la Grande Île, échappant ainsi aux débordements d'hystérie collective que ne manquerait pas de susciter l'improbable victoire de Zyad Abdelchouf aux Internationaux de Roland-Garros, ou aux scènes de dépression alcoolisée consécutives à une défaite attendue du jeune Français face au numéro un mondial, Marat Safin. Le match devait d'ailleurs être terminé depuis un bout de temps, et je me rendis compte, en refermant l'appareil, que tous, ici, pensaient que mon correspondant ne pouvait avoir brisé l'intimité de cette salle à manger retirée du monde que dans le but de m'en livrer le résultat.

Je me penchai vers Virginie qui tripatouillait nerveusement les entrailles d'une étrille au moyen de son aiguille à bigorneaux.

— Je suis vraiment désolé, mais je vais être obligé de prendre le prochain bateau. Il y a eu du grabuge à Granville…

La fine carapace du crabe s'était brisée entre ses longs doigts.

— Tu t'en vas comme ça, sans prévenir, juste avant notre nuit de noces…

Le pire, c'est qu'elle était sincère : ses yeux rendaient de l'eau.

— N'exagérons rien, on s'est rencontrés hier soir à la sortie du casino. Je préférerais rester avec toi, bibiche, mais je suis obligé d'y aller, je ne peux pas faire autrement. Je règle le problème le plus vite possible, sur le continent, et je te promets d'être de retour demain matin au plus tard. Sois patiente…

La mer était agitée. Des creux de près de trois mètres m'avaient obligé, toute l'heure que dura la traversée, à me claquemurer dans le salon où la lourde odeur de gasoil n'avait pas fait bon ménage avec les fruits de mer que je venais de m'offrir. J'avais débarqué sur le quai de Granville en fin d'après-midi, le bide en ressac. Gonthier m'attendait au volant de la voiture banalisée, sur le parking des douanes.

On s'était à peine serré la main, sa moiteur contre ma paume, qu'il m'entreprenait sur le résultat de la finale.

— Il a eu du mal, cinq sets d'anthologie, mais il a fini par lui faire mordre la poussière au Russkof !

J'avais réussi à placer une réponse, entre deux vagues de nausée.

— Ne me parlez pas de tennis, rien qu'à l'idée qu'il faut tourner la tête à droite, à gauche pour suivre la baballe, j'ai le cœur qui chavire…

— Excusez-moi, lieutenant… Je croyais qu'il n'y avait que le foot qui vous donnait des boutons…

— Le foot, le rugby, le badminton, je ne supporte que la pêche à la mouche. Ils l'ont trouvé où, le macchabée ?

— Tout en haut, rue Notre-Dame, dans un recoin, à deux pas du café de la Rafale. Je ne serais pas étonné qu'on tombe sur un des clients de ces nihilistes. Je les vois bien dans le coup…

Les pneus avaient crissé dans le virage, avant la pointe du Roc.

— Vous dites « nihilistes », Gonthier ? Pas « gauchistes », pas « terroristes », pas « anars ». Nihilistes… C'est joli, l'usage s'en perd, mais c'est joli… Personne n'a rien touché ?

Il était venu se garer devant le théâtre de la Presqu'île où se jouait une pièce à énigme, *Les Visiteurs du Noir.*

— Non, lieutenant. On a juste tendu une bâche au-dessus du corps pour ne pas qu'il prenne la flotte.

L'homme était allongé face contre terre, derrière un amoncellement de pavés de granit avec lesquels on redonnait un cachet ancien aux rues de la ville haute. Je m'étais penché pour voir de plus près le fil de nylon qui avait servi à l'étranglement et dont les extrémités reposaient sur le col de la veste du mort. Du matériel pour la pêche au gros… Le type puait l'alcool à plein nez. Gonthier m'avait aidé à retourner le cadavre. Nous nous étions regardés, interloqués, en découvrant que la victime serrait une balle de tennis entre ses mâchoires dilatées. Ses poches n'avaient pas été vidées. La copieuse collection de billets de cinquante euros qui garnissaient son portefeuille montrait que le vol n'était pas le mobile du meurtre. La photo, sur la carte d'identité, établissait que nous avions bien affaire à Michel Haltmann, né le 23 mai 1979 à Issy-les-Moulineaux, tandis que divers autres papiers permettaient de connaître son domicile parisien et sa profession, instituteur, qu'il exerçait dans une école de Stains. Je déposai tout ce que je trouvais sur un mouchoir protégé de l'envol par deux éclats de pavé. Un coupe-ongles, une fiche d'essence émise dans une station-service caennaise, un permis de conduire, la carte grise ainsi que l'assurance mutuelle liées à une Mégane récente immatriculée dans les Hauts-de-Seine, la carte électronique nécessaire au démarrage du véhicule, un minuscule boîtier de télécommande pour l'ouverture des portes, un paquet de kleenex, des clefs d'appartement et celle d'une chambre du Hérel, un hôtel du port. Plus une demi-douzaine d'euros en ferraille.

J'envoyai Gonthier à la recherche de la voiture en lui tendant la clef du motel.

— À mon avis, elle devrait être sur le parking. Profitez-en pour visiter la piaule pendant que vous serez là-bas…

Dès qu'il eut tourné les talons, je poussai la porte du Dorado. Les habitués, une bonne quinzaine, étaient rassemblés devant la télé qui diffusait en boucle les phases décisives du match victorieux de Zyad Abdelchouf sur Marat Safin. Le journaliste de *Stade 2* commentait les aces, les revers, les amortis, les reprises de volée, les coups droits, les lofts, rappelant entre deux exploits du Français que ce quasi-inconnu était issu des qualifications, qu'il ne pointait qu'à la 227e place du classement ATP, mais qu'il s'était pourtant offert le luxe d'effacer tour à tour l'inoxydable André Agassi, le métronome Roger Federer surnommé le Coucou, puis Lleyton Hewitt qui traînait, lui, le sobriquet de Kangourou, avant de terrasser le Numéro Un mondial ! Je m'étais avancé jusqu'au bar pour poser sur le zinc tout le bric-à-brac prélevé dans les poches du mort. Les yeux du patron s'étaient mis à cligner quand j'avais brandi devant son nez la carte d'identité d'Haltmann.

— Ce type, il vous dit quelque chose ?

— Dans l'état où il est, il ne dit plus grand-chose à personne…

Il connaissait bien son public : la vanne lui avait valu quelques rires, quelques gloussements.

— Si tu veux que je fasse faire une vérification minutieuse de ta compta, tu continues comme ça. On est des comiques, nous aussi, dans notre genre… Il est passé par chez toi, oui ou non ?

Il avait aussitôt synchronisé son ton au mien.

— Oui, le temps de lui servir un whisky, mais il était dans un tel état d'avancement que je l'ai mis dehors… Son sang titrait au moins autant que ce qu'il avait dans son verre…

Je m'apprêtais à continuer l'interrogatoire du propriétaire quand Albert, un petit vieux qui venait régulièrement déposer plainte contre sa femme, pour coups et blessures, avait élevé la voix tout en pointant le doigt sur le téléviseur. Après un plan de coupe montrant le public, le cameraman s'était attardé sur un photographe dont le cou s'ornait d'un nœud papillon, immobile devant le béton en X de la tribune C. Puis l'objectif se recentrait sur Zyad Abdelchouf qui servait pour le gain du match.

— Eh ! Je me souviens, c'est à ce moment-là, exactement, que ta foutue télé est tombée en panne ! À la malle de batch !

Le hasard a voulu qu'à ce moment précis je tienne entre mes doigts la petite télécommande trouvée sur Haltmann, et que j'appuie sur l'unique bouton dont elle était équipée. Immédiatement, l'image fut comme aspirée. L'écran de la télé se vida aussi vite qu'un lavabo dont on tire la bonde. Albert se mit à hurler.

— Voilà que ça remet ça ! C'est ce photographe qui porte la poisse… Il va falloir encore une heure pour que ça reparte ! On ne le verra jamais gagner, notre champion !

Pendant que le patron auscultait les entrailles de son récepteur défaillant, je m'éloignai des oreilles indiscrètes pour téléphoner à Balloque, un collègue de Cherbourg qui traquait les cybercriminels. Je lui expliquai la situation en deux mots. Il me demanda d'ouvrir le boîtier, de vérifier s'il y avait une inscription quelconque à l'intérieur.

— J'ai l'impression que c'est un truc américain… Attends, voilà… C'est imprimé sur la coque. J'arrive à lire TV.B.GONE… Tu connais ?

— Oui, pas depuis longtemps, mais je connais. C'est en vente sur Internet, mais je ne savais pas qu'il y en avait déjà en France… C'est un petit génie de la Silicon Valley qui a inventé ce gadget. C'est une sorte de zapette universelle compatible avec pratiquement tous les téléviseurs vendus sur le marché. Ça déconnecte les écrans du réseau pendant une heure…

— Oui, d'accord, je comprends, mais ça sert à quoi ?

Je l'avais entendu rire.

— À rien d'autre qu'à rétablir le silence. Le type a bidouillé cette puce parce qu'il en avait marre d'être obligé de regarder la télé partout où il allait, au resto, dans le bus, dans le train, dans l'avion, dans les magasins, dans les laveries automatiques, dans les salles d'attente, dans les troquets… Jusque dans les chiottes !

Quand Gonthier était revenu de sa perquisition à l'hôtel, je lui avais remis le TV.B.GONE en lui disant qu'il avait déjà le mobile, pour le crime : une interruption sauvage de l'image. Le reste était affaire de simple acharnement policier. Puis je lui avais demandé de me véhiculer jusqu'au port.

Avec un peu de chance, je pouvais encore attraper la dernière vedette pour Chausey où se languissait une jeune mariée.

TERMINUS RASIBUS

Un sort contraire s'acharne sur les baraques dionysiennes que j'ai habitées : il faut vite qu'on les démolisse, comme si les traces de mon passage devaient être effacées.

La première se trouvait au centre-ville de Saint-Denis, impasse Foulon, non loin du cinéma à colonnes de la rue Chabrol où je me souviens avoir vu, des années plus tard, un film de science-fiction, *Le Blob* dans sa première version en Cinémascope, couleurs « by De Luxe ». Steeve McQueen y faisait une apparition. C'était l'histoire d'un savant fou, inventeur d'une matière proliférante et phosphorescente, une pâte qui envahissait peu à peu le monde, l'engloutissant sous la marée ondulante d'un incroyable vert, à mi-chemin entre celui du chewing-gum de Hollywood et celui des petits pois surgelés. L'inhumaine gélatine avait pris pour nom le bruit que font les bulles de pâte à mâcher quand elles explosent au bord des lèvres. Depuis, c'est ainsi que je baptise les cités sans fin qui poussent à la périphérie des villes : des « blobs »…

Il en est de toutes sortes. Le nouveau centre-ville de Saint-Denis n'est, par exemple, qu'un petit blob. Le blob le plus achevé, le plus repus, a mangé tout un quartier d'Aubervilliers : La Maladrerie, qu'habitaient les biffins de la zone. Il s'étend maintenant vers l'Hospice, gagne le cimetière…

Il m'arrive également d'en voir des ramifications, des métastases, au hasard de mes voyages. La même architecture « blobesque », les mêmes tentacules de béton réapparaissent à Givors, à Saint-Martin-d'Hères, à La Courneuve, à Pierrefitte… On en vient à se sentir un petit peu partout chez soi, ce qui décourage des voyages.

Entre 1958 et 1965, j'ai passé la plupart de mes fins de semaine chez mon père, rue Sadi-Carnot, face à la Caserne des Suisses où sonnait encore le clairon. L'immeuble faisait le coin de la rue Fontaine, dont l'une des fenêtres donnait sur les amoncellements de pommes que des types en cuissardes enfournaient dans les cuves fumantes, odoriférantes d'une usine de confitures. Un peu plus loin, face aux usines Hotchkiss remplacées aujourd'hui par le blob Gabriel-Péri, un artisan fabriquait des pains de glace distribués dans le secteur par des carrioles tirées par de lourds chevaux. L'été, les gamins du quartier suivaient l'attelage pour récupérer les glaçons mal taillés que le livreur faisait tomber en débitant les blocs au pic. Je passais des heures entières, les coudes sur l'appui de la fenêtre, à regarder le ballet des voitures, m'exerçant au calcul mental en comptabilisant les Citroën, les Panhard, les Peugeot, les Renault, inventant des sous-groupes pour les couleurs, les fins de numérotation minéralogique…

Je m'abîmais également dans la contemplation des adolescentes qui attendaient les bus menant à Stains, Aubervilliers, ou venant de La Courneuve, Gennevilliers. J'avais appris très tôt à me repérer dans le réseau de la RATP. J'avais toujours dans la poche un rouleau de tickets dont il fallait détacher une ou deux unités, suivant la distance, et que le receveur, situé sur la plate-forme du bus, introduisait dans le composteur accroché à sa ceinture. Un mouvement nerveux du poignet, un tour de manivelle, et les tickets se couvraient d'encre violette que j'ai souvent frauduleusement tenté, mais sans succès, de faire disparaître à la gomme, au corrector, puis avec toutes sortes de produits ménagers, de diluants.

Pour aller de la mairie d'Auber jusqu'au pavillon que le grand-père avait construit sur un terrain acheté à Eugène Grindel, le père de Paul Éluard, c'était le 150, qui me laissait au Globe. Il fallait ensuite remonter une rue mal pavée, ponctuée par d'antiques réverbères, qui longeait les derniers maraîchers. Pour la Caserne de Saint-Denis, c'était le 177 qui passait alors au Pont-Blanc, après les murs sans fin des ateliers Babcock et Willcox. L'arrêt était situé en plein vent, face aux ponts roulants. L'hiver, les gens se pressaient autour des braseros que venaient alimenter des camionnettes emplies de coke. Un jour, au mitan des années 1960, de drôles de voitures se sont regroupées devant le rond-point de l'usine, pas loin de la piscine. Buick, Cadillac, Chevrolet, Oldsmobile… Que de l'américaine ! Elles se sont mises en file derrière un corbillard rutilant couvert de fleurs blanches. On enterrait un caïd natif du quartier qui s'était fait plomber à Pigalle.

Mon père en a profité pour me dire que l'immeuble où nous logions avait un passé d'hôtel vaguement louche… La boutique du coiffeur abritait un bar « montant », quand les militaires manœuvraient encore dans la cour de la caserne. D'après lui, le bâtiment avait, un temps, appartenu à la famille Boucheseiche. Le nom de ce malfrat de première devenu barbouze barbouillait les premières pages des journaux en raison de son implication dans l'enlèvement puis l'assassinat du leader progressiste marocain Mehdi Ben Barka…

J'ai commencé à travailler quelque temps après, en octobre 1967, à la Johnson Française, une entreprise du quartier Pleyel démolie depuis pour laisser passer une de ces bretelles d'autoroute qui font le charme de ce quartier riverain de la Seine. La journée, j'imprimais des dépliants vantant les mérites de la cire à parquet, des désodorisants pour chiottes, des aérosols antimites. La nuit, je dormais à trois cents mètres de la machine, au rez-de-chaussée d'un pavillon de la rue Finot qui a été fait rasibus pour agrandir l'aire d'agglutinement des autobus du terminus Pleyel. La bâtisse appartenait à un pote de mon père, Dédé, postier au centre de tri nocturne de la gare du Nord. Il me louait la piaule cinquante francs pour le mois, ce qui représentait le dixième de ce que je gagnais alors chez Johnson.

Dédé avait fait le coup de feu contre les Allemands en 1944. Engagé pour la durée de la guerre, il s'était retrouvé en Indochine à se battre non contre les Japonais comme on le lui avait dit, mais contre d'autres indépendantistes. Dix ans après, il soignait encore, au pastis, cette trahison dont sa jeunesse résistante avait été victime. Les soirs de grande déprime, il plaçait un enregistrement de *L'Internationale* sur son pick-up, mettait le son à fond puis tirait au pistolet sur les murs rouges de l'annexe des usines Hotchkiss qui limitait le jardinet. Le reste du temps, j'avais de ses nouvelles quand il balançait ses appareils ménagers hors d'usage par la fenêtre du premier. En saison, les mauvaises herbes se frayaient un chemin entre les carcasses rouillées des réfrigérateurs, des cuisinières, des grille-pain, et les cadres arrondis des téléviseurs.

Pour aller voir les copains, à Aubervilliers, j'allais prendre le 173 un peu plus bas, après les ateliers de chez Fenwick. Il m'arrivait assez souvent de louper le dernier départ, le soir, en sens inverse. Trop juste pour me payer un tacot, je rentrais à pied, de la mairie d'Aubervilliers jusque chez Dédé le postier, en traversant le canal Saint-Denis, le quartier du Landy, le pont de Soissons, passant sous le tunnel que forment les voies du réseau Nord, avant de bifurquer à droite sur Ornano.

À plusieurs reprises, la tentation m'est venue de retourner habiter dans ma ville natale. Des bâtisses dionysiennes m'ont tapé dans l'œil, mais à chaque fois j'ai renoncé, repensant au destin fatal qui s'est abattu sur toutes celles qui m'ont abrité.

DERNIER QUART D'HEURE

Ce matin-là, j'étais restée près de deux heures à écouter le délire suicidaire d'un de mes patients, et avant d'aller faire la toilette de mamie Vanneau, je me suis arrêtée au bar-tabac du carrefour Paul-Bert, pour boire un café. Bien serré. Dix ans que je fais le métier, c'est dire que normalement je devrais être blindée, sauf que l'humanité résiste, on croit toujours que ça va glisser comme la pluie sur la plumaille des oies… Contre toute attente, ça transperce, le malheur des autres ; on a le cœur qui saigne et le sang, incolore par correction, vous pisse des yeux.

Je prends beaucoup de café quand je sors de chez « Man ». Trop. Si on lui parle, il faut dire « man » à tout bout de champ, comme dans les polars américains. « Ça va, man ? », « T'as bien mangé, man ? » Son prénom, c'est Ousmane, et il n'en veut pas. Je lui ai apporté des articles sur celui que je considère comme le plus grand sculpteur vivant, Ousmane Sow, aussi sénégalais que « Man » est malien. Il a regardé les photos, sans émotion apparente, pendant que je lui expliquais qu'à ses débuts Sow faisait à peu près le même boulot que moi, kinésithérapeute, dans un hôpital de la région parisienne.

— Il ne pouvait sculpter que le soir, le dimanche, pendant les vacances. Et encore, il fallait qu'il se batte : sa femme le prenait pour un illuminé. Il en a eu marre. Il est reparti à Dakar.

« Man » s'est arrêté sur un cliché, me l'a montré : Ousmane Sow lisse l'argile rouge d'un visage indien de sa série sur la bataille de Little Big Horn. Il a haussé les épaules.

— Elle n'y comprenait rien, sa femme. J'espère qu'il ne l'a pas emmenée en Afrique. Kinési et sculpteur, c'est pareil.

J'ai chahuté ses dreadlocks, façon de lui dire qu'il avait touché juste. C'est immédiatement après que les choses se sont gâtées.

Je cherche chaque fois, en touillant le moka, à reconstituer minutieusement ce qui a précédé le déclenchement de la crise : nos paroles, nos regards, les images qui se sont succédé sur l'écran de télé, les objets qu'il regardait, ceux qu'il touchait… Il m'est arrivé une seule fois de vivre en direct l'un de ces accès de folie et d'en comprendre la raison. Je venais de refaire son pansement, une plaie à la cuisse, conséquence d'une chute de moto. Machinalement, j'ai sorti une paire de ciseaux pour couper le sparadrap. Il a fixé l'outil : à cet instant, l'acier brillait bien moins que ses yeux. Tout a volé dans la pièce, trousse de soins, chaises, table, fracas de la vaisselle accompagné de cris, de pleurs, puis il s'est jeté à terre, hurlant, ses ongles acérés crissant sur le parquet. J'ai jeté les ciseaux dans mon sac en me mordant les lèvres. Dix lignes, lues dans son dossier, me revenaient en mémoire : cinq ans plus tôt, son père avait été grièvement blessé, dans la chambre d'hôpital où il se remettait des suites d'une opération lourde, par un dément revêtu d'une blouse d'infirmier et armé d'une paire de ciseaux. Il n'avait jamais réussi à surmonter l'agression, son fils non plus. Je savais qu'avec « Man » il fallait se tenir aux aguets, mais pour une journée de sa vie dont j'avais la clef, combien de trousseaux égarés ?

J'ai posé un euro près de la tasse, éparpillé quelques minuscules pièces oxydées, histoire de m'en débarrasser, puis je me suis glissée dans la file des accros qui attendaient pour acheter des cigarettes, des Morpions, des Black-Jacks, ou pour faire valider leurs tickets de Loto, de Pari mutuel urbain. Je ne fume pas, je n'ai jamais joué à rien de tout ça : si je poireaute dans les brouillards de nicotine, c'est seulement pour rendre service à mes malades.

Il n'était pas tout à fait 10 heures quand j'ai mis le cap sur le quartier pavillonnaire, à l'autre bout de la ville. Une armée de grues cernait le terrain de l'ancienne raffinerie Elf dont on n'avait conservé que l'imposante grille d'entrée. Un panneau annonçait le transfert imminent des laboratoires de recherche du groupe pétrolier. Dans tout ce secteur, rongé depuis plus de vingt ans par les friches, on se préparait à accueillir près d'un millier d'ingénieurs. Chaque semaine, je constatais l'avancement du chantier et les autres signes annonciateurs de la renaissance : couche de bitume sur une ruelle délaissée, rénovation d'un commerce, ravalements, ouverture de tranchées pour l'installation du câble, plantation d'arbres… Les voitures des ouvriers envahissaient la moindre rue, grimpaient sur les trottoirs.

Je suis allée me garer au milieu d'une petite place, face au stade de la zone industrielle transformé en dépôt de matériel. J'ai sonné une première fois, appuyée à la clôture de bois dont la peinture verte s'écaillait, et j'ai attendu que mamie Vanneau trottine jusqu'au bouton qui permettait l'ouverture électrique de la serrure. Il fallait compter cinq bonnes minutes, le temps qu'elle quitte son fauteuil, saisisse son déambulateur, traverse la salle à manger, la cuisine, remonte le long couloir au sol carrelé recouvert d'un tapis dans lequel ses cannes articulées s'accrochaient, et atteigne enfin la commande. Comme ça s'éternisait, j'ai sonné une nouvelle fois tout en poussant la porte, machinalement. Elle s'est ouverte. J'ai contourné la petite pièce d'eau entourée de pots de fleurs pour accéder au perron. La porte du pavillon était entrebâillée, elle aussi. Intriguée, j'ai appelé « Mamie » à trois reprises. Personne ne m'a répondu. Je me suis avancée. Tout semblait plus calme encore que d'habitude et j'ai seulement compris pourquoi en pénétrant dans la cuisine : ce qui manquait, c'était les effusions du chien, ses petits cris de contentement. Le temps en était définitivement révolu. Rex gisait devant l'évier, la tête fracassée, un rouleau à pâtisserie sanglant abandonné à ses côtés. Je me préparais au pire en avançant vers la salle à manger, mais elle était vide.

Le cadavre de mamie Vanneau m'attendait dans la chambre, jeté au travers du lit, gorge tranchée, les jupes relevées sur des bas épais. Je suis tombée à genoux en balbutiant une série de « Pourquoi ? » ; puis j'ai fini par plonger la main dans mon sac, à la recherche de mon téléphone portable. J'avais à peine donné l'alerte que trois policiers sont arrivés du commissariat annexe, bientôt rejoints par deux lieutenants de la brigade criminelle, venus, eux, de la préfecture. On ne s'est pratiquement pas quittés de la journée. Il a fallu que je raconte ce que je venais faire chez elle : des soins corporels, de la pommade sur ses œdèmes, le dosage de son assiette quotidienne de médicaments... Ils m'ont demandé les ordonnances de son médecin traitant, et j'ai bien été obligée d'avouer que je n'avais ni diplômes ni autorisations, que je soulageais à ma manière les misères de tout un tas de gens laissés sur le bord de la route. Au noir. Nous avons fait le tour de la maison, pour essayer de savoir ce qui avait été dérobé. J'avais la curieuse impression que quelque chose m'échappait, sans pouvoir l'identifier. Le lendemain, on parlait beaucoup d'elle et un peu de moi dans l'édition locale du *Parisien*. Les enquêteurs privilégiaient la piste d'un rôdeur surpris par mamie Vanneau en plein cambriolage, d'autant que plusieurs agressions violentes s'étaient produites au domicile de personnes âgées, dans le quartier, au cours des mois précédents.

Quinze jours plus tard, coup de théâtre, un article claironnait que le mystère était résolu : le neveu de mamie, dans la dope jusqu'aux oreilles, lui soutirait une partie de l'argent nécessaire à ses voyages immobiles et cela depuis des mois. Il niait, expliquant qu'il était venu sonner à la porte tôt le matin, poussé par l'irrépressible besoin de combler le vide dans ses veines. Il prétendait que sa tante lui avait confié sa carte bleue avec laquelle il avait tiré le maximum autorisé, 450 euros, un peu avant 11 heures le jour du meurtre, et qu'il avait oublié de lui rapporter le rectangle de plastique. La mémoire du distributeur automatique faisait état d'un premier prélèvement effectué trois quarts d'heure après que j'ai découvert le cadavre du chien et le corps de mamie Vanneau. D'autres avaient suivi, dont un le jour de l'enterrement. On l'avait sevré pour de bon, croyait-on, à la Santé. En fait, il n'y avait passé que trois nuits : ses empreintes ne correspondaient pas à celles prélevées par les enquêteurs sur le rouleau à pâtisserie utilisé par le tueur pour régler son compte au chien, ni aux traces, identiques, retrouvées sur le manche du couteau à pain que l'assassin était allé prendre dans un tiroir de la cuisine.

Avant de tomber sur le cadavre mutilé de mamie Vanneau, je n'avais vu que des morts ordinaires, figés dans une immobilité proche du sommeil. Là, c'était un corps qui résistait, et sur le lit défait, dans les éclaboussures de sang, on savait que le repos lui serait à jamais interdit. L'image, la nuit, s'imposait à mes rêves, et même la lampe allumée, les fantômes continuaient de m'accompagner. Le drame m'avait fortement déstabilisée, ainsi que les questions des policiers touchant à la façon dont je gagnais ma vie. Les centaines de conversations, aussi, qui ne portaient plus que sur un seul et même sujet. J'ai décidé de lever le pied. Ma sœur habite à Lorient, avec son mari, ses mômes, et elle loue à l'année un minuscule appartement au rez-de-chaussée d'une villa, sur l'île de Groix, qu'elle occupe surtout pendant les vacances scolaires. Je m'y suis réfugiée une quinzaine que j'ai passée à marcher sur les chemins des douaniers, le visage fouetté par les embruns, l'esprit uniquement empli du souffle du vent et du cri des mouettes, me gavant de poisson, d'huîtres, de far nappé de caramel.

Quand j'ai repris le collier chez « Man », cela faisait exactement un mois et demi que le crime avait été commis. La police courait toujours derrière un assassin dont elle n'avait même pas saisi l'ombre. J'ai commencé par me frayer un chemin jusqu'à l'évier, ramassant chemises, pantalons et sous-vêtements qui jonchaient le sol. Il m'a fallu batailler une heure entière contre la graisse, la moisissure naissante, puis je suis allée réveiller « Man » allongé nu, tous les attributs à l'air, sur ses draps maculés. Il a passé un slip, un maillot de corps pour se traîner vers la cuisine où je lui avais préparé du café. Il est resté inerte devant son bol, assommé par son nouveau traitement, un cocktail d'anxiolytiques, et c'est le bout du monde si nous avons réussi à échanger trois mots.

En partant, je lui ai promis de revenir dans la semaine pour ranger la salle à manger que je n'avais pas eu le temps de nettoyer. Avant de m'octroyer une pause en Bretagne, j'avais passé une petite annonce dans le gratuit distribué sur tout le département. À mon retour, une petite vingtaine de lettres emplissaient ma boîte aux lettres ornée de l'autocollant du MRIP, le Mouvement de Refus des Imprimés Publicitaires. Un premier examen m'avait permis de sélectionner trois remplaçants possibles à mamie Vanneau.

Après une série de contacts téléphoniques, j'avais jeté mon dévolu sur Francis, un ancien expert-comptable qui venait d'être amputé d'une jambe à la suite d'un accident de voiture. Il n'habitait pas très loin du quartier de l'ancienne raffinerie, et je me suis arrêtée en chemin au bar-tabac du carrefour Paul-Bert. La première chose qui a attiré mon attention, c'est le sigle de M6 peint sur le flanc d'une camionnette, puis celui de TF1 collé sur le coffre d'une moto bardée d'antennes. Je me suis dit que le mystère était enfin résolu.

Le patron faisait face à trois caméras et autant de micros braqués sur son visage qu'encadraient les alignements de paquets de cigarettes. Je me suis installée en terrasse, sous la véranda. J'ai retenu Marco, le serveur, quand il est venu prendre la commande.

— Qu'est-ce que c'est que tout ce cirque ? Ils ont retrouvé le meurtrier ?

Il s'est baissé pour donner un coup de lavette sur le formica.

— Quel meurtrier ? De qui tu parles ?

— Il n'y en a pas dix mille dans le secteur, à ma connaissance ! Celui de mamie Vanneau...

J'ai eu l'impression qu'il entendait parler d'un événement contemporain des cavernes.

— Non, ça n'a rien à voir avec cette histoire. Mais alors, rien du tout de chez rien du tout... C'est à cause du tirage de la Saint-Valentin.

J'ai froncé les sourcils.

— Ils ont oublié de régler leurs montres à la télé : la Saint-Valentin, elle est passée depuis deux mois.

— Justement, c'est ça le problème. Le billet de Loto qui remporte la cagnotte de la Saint-Valentin a été validé par Gérard ici, au Paul Doumer. Trois millions d'euros !

Il a effectué un aller-retour pour me servir mon café serré.

— On connaît l'heureux bénéficiaire ?

— Non… Il ne lui reste qu'une semaine pour ramasser sa monnaie, après c'est remis dans le pot. La Française des Jeux a installé un panneau avec les numéros, au-dessus du percolateur. Je les connais par cœur : 4. 7. 15. 20. 27. 49. Numéro complémentaire, le 34… Gérard n'en dort plus, il se refait le film pour essayer de revoir la tête du joueur, mais c'est mission impossible.

On appelait Marco à une autre table. J'ai sorti mon porte-monnaie pour régler ma consommation. Je me suis souvenue subitement de la présence, à l'intérieur, des bordereaux de Loto que mamie Vanneau me confiait de temps à autre, et que je faisais valider par Gérard. Les derniers dataient du jour même de sa mort. Penchée au-dessus de mon sac, je les ai dépliés lentement. Le 4 est apparu, puis le 7… J'ai dégluti. Le 15 et le 20 ont suivi. Mon cœur s'est mis à bondir dans ma poitrine quand le 27 et le 49 ont suivi.

J'ai fermé les yeux sur le 34 complémentaire. La voix de Marco m'a fait sursauter.

— Un euro, comme d'habitude…

J'ai farfouillé dans mes pièces, et je lui ai laissé vingt centimes de pourboire. Il fallait que je me contrôle, que je fasse comme si de rien n'était, que j'attende d'être seule pour réfléchir à la situation. Francis, mon nouveau client, s'est sûrement demandé s'il avait fait le bon choix. Il m'expliquait ce qu'il attendait de moi : l'aider à apprivoiser sa prothèse, le seconder pour le ménage, passer quelques minutes à discuter avec lui… Je me suis rendu compte que j'étais à côté de la plaque lorsqu'il a été obligé de préciser qu'il exigeait, aussi, que je prête attention à ce qu'il disait. J'ai prétexté des ennuis familiaux, une sœur à la clinique, et j'ai écourté la séance.

Dès que je suis arrivée dans mon appartement, j'ai tiré les rideaux, allumé les lampes et j'ai posé le bulletin sur la table. *Le Parisien* consacrait un article au « gagnant mystère », accompagné d'une liste de toutes les sommes qui n'avaient jamais été réclamées depuis la naissance du Loto. Le journaliste précisait que beaucoup de gros gagnants rechignaient à se présenter devant leur buraliste. Ils attendaient le dernier jour pour aller, discrètement, se faire connaître au siège social de la Française des Jeux, à Paris. Toute la soirée, je n'ai cessé de regarder « mes » chiffres alignés, en caractères gras, dans un encadré, au centre de la page.

Au cours des jours qui ont suivi, je n'ai rien changé au train-train quotidien. Tout se passait dans ma tête. Les avions en première classe, les hôtels cinq étoiles, le sable blanc des lagons... J'ai décidé que j'irais chercher le chèque la veille du jour fatidique, à la dernière heure, en fin d'après-midi, pour prendre de vitesse les équipes de journalistes qui ne manqueraient pas de faire le pied de grue à proximité de l'entrée de l'immeuble du Loto.

Le matin, j'ai téléphoné à Francis, l'unijambiste, pour me décommander, mais j'ai tenu à passer chez « Man », avant le grand saut, pour lui annoncer mon départ. Il dormait encore en attendant le soir. J'ai préparé du café, puis j'ai commencé à mettre un peu d'ordre dans la salle à manger, comme je le lui avais promis. J'ai secoué les tapis, remis en place les coussins éparpillés, ramassé le livre de Ousmane Sow coincé sous une des roulettes du meuble télé. Et c'est en passant le balai sous le buffet que j'ai ramené, accrochant les moutons, un collier argenté serti de pierres vertes. Je me suis mise à genoux pour le prendre et, quand j'ai relevé le visage, « Man » se tenait devant moi, une serviette passée autour de la taille. Je me suis redressée. J'ai brandi le collier devant ses yeux.

— Où tu as trouvé ça ?

Il a haussé les épaules, englué dans sa chimie.

— Je ne l'ai pas trouvé. C'est à moi…

— Tu mens. C'était à mamie Vanneau… Quand je l'ai vue sur son lit, je savais bien qu'il manquait quelque chose… Sauf que je n'arrivais pas à regarder sa gorge… C'est toi qui l'as tuée…

Il a souri comme s'il était encore dans un rêve.

— Oui, je t'ai suivie plusieurs fois. C'était chouette chez elle… Problème, il n'y avait pas un rond… Tu peux le garder, mais je te préviens, c'est du toc.

Je l'ai regardé bien en face.

— Elle était pleine aux as, sauf qu'elle ne le savait pas… 4. 7. 15. 20. 27. 49. Plus le 34 pour le complémentaire… Ça, c'est pas du toc.

Il s'est massé le front.

— Qu'est-ce que tu me fais ? C'est un code ?

— Rien. J'arrête ce boulot. Je voulais simplement te dire au revoir. Et surtout merci.

Je l'ai embrassé sur le front et je suis sortie.

J'ai arrêté la voiture près du canal pour balancer le collier dans les eaux noires, puis j'ai fait signe au premier taxi en maraude.

— Je vais au 89 de la rue de Rivoli…

Le chauffeur s'est retourné vers moi.

— Le 89 ? C'est l'adresse du Loto… Vous avez gagné le gros lot ?

J'ai éclaté de rire.

— La preuve : je vous ai rencontré !

La seule chose qu'il a fait craquer, c'est la première.

Il ne me restait plus qu'un dernier quart d'heure à vivre pauvre.

LE TUEUR D'AVRIL

En quarante ans de carrière, Edmond Robrol avait résolu des milliers d'affaires, arrêté des centaines de criminels, mis fin aux exactions de dizaines de prédateurs humains parmi les plus effroyables du siècle. Mais tous ces succès ne pouvaient lui faire oublier que douze cadavres restaient à venger et que, malgré tous ses efforts, leur assassin hantait toujours le monde. Pas un jour sans qu'il y pense, que cet échec transforme sa retraite en calvaire. Il s'était chaque fois rendu sur les lieux, même quand l'enquête lui échappait.

Une jeune fille à Marquixanes dans les Pyrénées-Orientales le 27 avril 1984, une octogénaire à Méthamis dans le Vaucluse le 28 avril 1991, une fillette à Saint-Privas dans l'Hérault le 23 avril 1995, une Miss Ardèche le 23 avril 2002 dans la vallée de l'Ibie, la dernière à Saint-Martin-de-Londres le 24 avril 2004. Le tueur ne laissait jamais aucun indice derrière lui et le mode opératoire variait selon la victime, arme blanche, strangulation, objet contondant, outil de jardin. Seul lien apparent, la troisième décade du mois d'avril. Edmond Robrol comprit qu'il rejoindrait la cohorte des victimes en souffrance sans leur apporter le moindre réconfort quand une douleur fulgurante lui transperça la poitrine. Il eut assez de force pour appeler le Samu avant de sombrer.

Il reprit conscience le lendemain dans la chambre du centre cardiologique, relié à des tuyaux, entouré d'écrans lisant sa vie en pointillés. Une infirmière entra et lui sourit avant de pousser le lit à roulettes vers la salle d'opération. L'intervention précédente se prolongeant, il fallut garer le lit dans une petite salle d'attente. L'infirmière s'éloigna pour discuter avec une collègue. Edmond Robrol inclina la tête vers une étagère remplie de journaux, de revues. Il parvint à en saisir une, malgré les pansements des transfusions. Il lut le titre : *Oreina* et contempla le papillon qui ornait la couverture. Il tourna les pages une à une et s'arrêta sans trop savoir pourquoi sur l'article intitulé « Données nouvelles sur la répartition de *Nola cicatricalis* ». Un lépidoptériste dressait la liste minutieuse de tous les endroits de France où il avait pu observer ce papillon découvert par Treitschke en 1835. Les noms des localités sautèrent aux yeux d'Edmond Robrol : Marquixanes, Méthamis, Saint-Privas, Saint-Martin-de-Londres… Et les dates mises entre parenthèses qui toutes se situaient dans la dernière décade d'avril. Il tentait de lire le nom de l'auteur de l'article, le nom du meurtrier, mais on lui prit doucement la revue des mains.

Il essaya de prononcer des mots d'alerte quand l'infirmière revint, mais elle lui opposa son sourire rassurant. Le lit roulait maintenant vers la salle d'opération. Edmond Robrol écarquilla les yeux dans un dernier effort quand l'anesthésiste s'approcha…

Il n'y eut pas besoin de l'endormir : une ultime attaque lui transperça le cœur, comme une aiguille un papillon.

PAGE DE GARDE

Le film s'appelait *Tenir tête*, l'histoire d'un frère et d'une sœur séparés par les rancœurs et que la dureté des temps, la menace d'expulsion pesant sur leur mère, obligeaient à faire face ensemble. L'essentiel du tournage se faisait en décors naturels, en bordure du canal Saint-Denis, à une encablure de la porte de la Chapelle. Les acteurs avaient été choisis parmi ces dizaines de jeunes de banlieue qui montaient sans complexe à l'assaut des plateaux de cinéma, et qui zébraient la pellicule nationale de leurs talents métis.

Je connaissais vaguement la réalisatrice, Julia, et elle s'était souvenue que je lui avais donné de mon temps, quatre ans auparavant, quand elle captait dans un atelier désaffecté de Saint-Ouen la confrontation de gamins marginalisés avec un dialogue amoureux signé Shakespeare. Le documentaire, titré *Roméo cherche Juliette*, avait raflé quelques récompenses dans des festivals, ce qui avait permis à Julia de trouver le financement de sa première fiction. J'avais immédiatement sauté sur l'occasion quand elle m'avait laissé un message me proposant dix jours de boulot comme assistante de la décoratrice. C'était exactement le nombre de cachets dont j'avais besoin pour compléter mon dossier d'intermittente aux Assedic.

L'intrigue se situait en temps réel et l'un des paris de la réalisation consistait à se saisir de ce que la vie offrait en arrière-plan des personnages principaux, de nourrir le cadre d'une manière documentaire. Ensuite, il m'avait suffi de personnaliser trois appartements, une salle de restaurant ainsi que les vestiaires d'une piscine à l'ancienne, près de la mairie de Pantin.

Une seule scène nécessitait un travail plus approfondi, la recréation d'un univers. La jeune Samra, interprétée par Sabrina Ouazani, allait à un moment chercher de l'aide auprès d'un de ses anciens professeurs de lycée et se retrouvait dans un appartement dont les murs disparaissaient derrière des étagères débordant de livres. J'avais fait une razzia de bouquins d'occasion dans les entrepôts Emmaüs de Neuilly-sur-Marne, du tout-venant, mais il me fallait compléter par quelques titres précis qui risquaient d'être déchiffrables à l'écran : le spectateur ne se fait pas la même idée d'un personnage s'il le voit lire du Marc Lévy plutôt que du Annie Ernaux. J'avais profité d'un samedi matin ensoleillé pour aller garer ma voiture à deux doigts du périph, sur le parking de surface, derrière la station-service de la porte de Clignancourt. Je ne résistai pas au plaisir d'essayer un blouson, de discuter avec un vendeur de statuettes, de regarder le manège des bonneteaux, et il m'avait fallu près d'une heure pour parcourir les quelques centaines de mètres qui me séparaient de la porte Montmartre, le long de l'envol du viaduc.

Cinq ans plus tôt, tout juste débarquée de ma province natale, j'avais consacré l'une de mes premières sorties à ce quartier, et j'étais restée une éternité à observer la manière dont les joueurs faisaient tourner leurs trois cartes posées sur un carton retourné. L'argent changeait de propriétaire à une vitesse fascinante. Je n'avais pas su dominer mon envie de jouer les cinquante euros de ma semaine sur une carte, certaine de leur voir faire des petits, croyant avoir compris le tic du manipulateur. La main gauche crispée sur le billet, je me revoyais posant l'index de ma main droite sur la carte qui ne pouvait être que rouge, appuyant de toutes mes forces pour ne pas qu'on la bouge. Quand le type l'avait retournée, le cœur écarlate espéré avait pris la couleur noire du pique. Les repas des jours suivants avaient été uniformément blancs : des pâtes, du riz !

Le marché aux voleurs débordait de son aire naturelle limitée par l'ombre du pont du périphérique. Il envahissait maintenant le carrefour, poussait des tentacules jusque dans les rues adjacentes, empiétant sur les stands des forains en règle. En retrait, sur une bâche prête à être repliée à l'approche du moindre uniforme, deux hommes proposaient des yaourts, de la viande en barquettes, du jambon sous plastique, des carottes râpées, du chou rouge, du taboulé. Je me baissai pour tenter de savoir d'où provenait la marchandise, et m'aperçus que la date limite de vente des côtelettes d'agneau que je venais de ramasser était dépassée depuis trois jours. Les deux petits malins s'étaient probablement mis en cheville avec les magasiniers d'une chaîne de supermarchés pour récupérer la marchandise périmée avant sa destruction. On fabriquait assez de pauvres, ici, pour l'écouler à la sauvette.

Je m'enfonçai dans les petites rues bordées de pavillons vétustes, de baraques utilisées comme réserves à brocante, de récupérateurs de ferraille. L'enseigne colorée « Au Vieux Book », un ovin composé au moyen de minuscules livres, à la manière des pixellisations, se détachait sur le mur blanc d'une usine désaffectée au toit en dents de scie. Les nouveaux propriétaires avaient conservé l'horloge cerclée de fer qui espionnait les ouvriers chaque matin de son œil de cyclope. De même que la pointeuse et le meuble percé d'encoches où étaient jadis classées les fiches de présence du personnel. Des piles de journaux, de revues, garnissaient les casiers posés au centre du hall. Je feuilletai rapidement les collections de *L'Illustration*, de *Miroir Sprint*, de *Cinévogue*, *Cinéphage* et quelques exemplaires sous cellophane de *Scénarios illustrés*, avant de passer le sas qui donnait accès aux anciens ateliers de filetage que divisaient des rayonnages découpés dans de la planche ordinaire. Des inscriptions au pochoir, en noir sur les montants des éléments de bibliothèques, permettaient de se repérer au milieu des dizaines de milliers de livres d'occasion exposés. Je me dirigeai droit sur le secteur dévolu à l'histoire, puisque selon le scénario de *Tenir tête*, le professeur de classe de première auquel Samra, alias Sabrina Ouazani, allait demander de l'aide enseignait cette matière. Je mis de côté une vingtaine d'ouvrages qui traitaient de la période inscrite au programme, la première moitié du XXe siècle, que je complétai avec un atlas et un gros volume sur les *Archives secrètes de la police parisienne* que je me promis de récupérer à l'issue du tournage.

Je me dirigeais vers la caisse en poussant mon chariot quand mon attention fut attirée par le cuivre étincelant d'une ancienne machine à vapeur qui devait produire l'énergie nécessaire à l'atelier. Derrière le générateur, une sorte d'alvéole aux murs de brique abritait un cabinet des curiosités, éditions originales, manuscrits, lettres, gravures. Un libraire occupé à déballer les fascicules entassés dans une cantine métallique me jeta un regard furtif quand je m'approchai d'une table recouverte de photos apparemment issues de collections accumulées par le Service de l'identité judiciaire. Je compulsai un album consacré à des gros plans de lobes d'oreilles, un autre aux tatouages d'inspiration maritime, un dernier empli de clichés de travestis aux yeux baissés, captés dans les premières décennies du XXe siècle. Il me fallut déplacer une petite boîte à musique pour lire un document écrit à la plume qui portait le tampon de la « Direction de la police judiciaire, Brigade mondaine ». Il y était question d'une « disgracieuse vedette cinématographique pour ne pas dire la plus désavantagée physiquement », objet d'une surveillance très étroite de la part d'un inspecteur doué d'une remarquable aisance d'écriture : « Cet excentrique et pervers artiste a constitué des collections érotiques à faire pâlir d'envie un trafiquant d'obscénités. Du livre au film, de l'œuvre d'art à l'image et à l'objet, rien n'y manque. Il est aussi amateur de boîtes à musique qu'il déclenche avec délice, provoquant une cacophonie qui met à l'épreuve le système nerveux le plus assagi. Toutes ces fantaisies n'arrivent cependant pas à le délivrer de l'ennui incoercible qui l'étreint. Il traîne sa mélancolie comme un boulet de remords. Il n'en sort que pour s'enfoncer dans le vice. »

Le libraire témoin de l'intérêt que je manifestais pour le rapport de police se releva, s'essuya les mains sur son jean et se mit en mouvement vers moi. Je tournai vivement le dos pour m'approcher de la table dévolue à la poésie. Il y avait là plusieurs éditions originales suisses de Francis Ponge (*Le Carnet du bois de pins* ainsi que *La Rage de l'expression*), un exemplaire du *Parti pris des choses* imprimé en 1942 pour *La NRF*, posé près d'une rareté, le coffret de *La Crevette dans tous ses états* édité par Vrille en 1948, que la boutique cédait pour cinq cents euros. Je tendis le bras pour saisir la traduction française d'un poème en prose de Vladimir Maïakovski, *Le Nuage dans le pantalon*, un fascicule mis en circulation au tout début de l'année 1930 par un éditeur parisien, Les Revues. Une préface signée par Léon Trotski accompagnait le texte. Le prix, porté au crayon à papier sur le coin supérieur droit de la couverture, était de quinze euros. J'hésitai quelques secondes avant de me décider à le poser au-dessus de la pile de mes achats. Gaspard, qui partageait ma vie depuis bientôt un an, répétait justement une pièce de Maïakovski, *Les Bains publics*, dont la création devait avoir lieu à la fin du mois, et je me fis la réflexion que l'édition numérotée du *Nuage* serait un beau cadeau quand je viendrais le rejoindre dans sa loge pour le féliciter.

La frénésie du tournage de *Tenir tête* avait englouti les quatre semaines qui avaient suivi. Plusieurs membres de l'équipe, et non des moindres, étaient davantage faits pour mettre en boîte des séries à la *Derrick*, du *Sauveur Giordano* ou du *Loulou la Brocante* qu'une fiction remuante tournée dans les décors naturels de la périphérie, et dont l'ambition était de se saisir du mouvement des lieux. Il fallait sans arrêt parer au plus pressé, avoir le souci du film et s'asseoir sur la pesante hiérarchie qui anesthésiait les meilleures volontés. J'allais d'un décor à l'autre pour faire dégager un camion qui occultait une perspective, vérifier le blocage de la circulation sur une passerelle franchissant le canal, caler le lancement d'une vidéo sur un écran de bar que la réalisatrice capterait quand son personnage principal s'accouderait au zinc pour boire un café. Je consacrai pas mal de temps à reconstituer l'appartement du professeur d'histoire, à garnir les étagères de sa bibliothèque, à composer les amas de feuilles, de carnets et de livres qui recouvriraient le plateau de son bureau, à encadrer des dessins, des reproductions, des photos, pour habiller les murs et suggérer l'idée d'une existence emplie de souvenirs.

Une grève des transports avait perturbé la première de la pièce dans laquelle jouait Gaspard, la comédienne principale étant arrivée sur scène avec près d'une heure de retard. Cela n'avait pas affecté la patience du public, et *Les Bains publics* avaient reçu un accueil aussi sincère que chaleureux. Je m'étais levée au milieu des applaudissements pour me faufiler vers les loges que les acteurs avaient regagnées après s'être inclinés pour cinq rappels.

J'avais embrassé Gaspard à pleine bouche avant de lui tendre mon cadeau dont il avait déchiré le papier en me lançant des œillades d'enfant gourmand.

— Oh ! C'est superbe ! Merci… Je l'ai lu dans une collection de poche, mais là, c'est pas pareil…

Il l'avait ouvert pour chercher la date de l'impression.

— Comment tu as trouvé ça ? C'est une édition originale… Et en plus, tu m'as mis un petit mot…

J'avais remué la tête en signe de dénégation.

— Non, j'y avais pensé, mais je n'ai pas osé…

— Pourtant, il y a quelque chose d'écrit sur la page de garde… Tiens, regarde…

J'étais venue me placer près de lui et nous avions lu ensemble les quelques mots tracés à l'encre noire près du titre : « à mon ami Missak Manouchian en signe de ma sincère amitié. Sigismund Blikitny. Paris 7 V-1931 ».

Gaspard avait souri.

— Il a le même prénom que Freud, ça doit être un signe…

— Non, Freud il s'appelait Sigmund… Moi, c'est surtout le fait que le livre soit dédicacé à Missak

Manouchian qui me touche… Manouchian, tu te rends compte ?

— Vaguement… C'était qui, déjà… Un résistant, je crois me souvenir… Qu'est-ce qu'il avait de spécial ?

— Tu ne te souviens pas, au lycée… Tes profs ne t'ont pas appris l'histoire de l'Affiche rouge ? Ils ne t'ont pas fait écouter la chanson de Léo Ferré sur les paroles d'Aragon ?

À ce moment, un groupe d'admirateurs avait envahi l'étroit couloir desservant les coulisses du théâtre. Mélanie, la sœur de Gaspard, marchait à leur tête, portant à bout de bras un magnum de champagne, visiblement impatiente de le délivrer de son bouchon. La fête s'était prolongée jusqu'à près de 3 heures du matin chez Les frères Boulons, un restaurant installé dans les anciens ateliers d'une visserie du quartier Saint-Martin.

Réveillée la première, comme d'habitude, j'étais descendue acheter notre traditionnelle baguette aux céréales, avant de boire un café, notre antique ordinateur portable posé sur les genoux, la fenêtre du moteur de recherche complétée avec le nom de « Manouchian ». Je passai une demi-heure à bricoler une petite fiche biographique que j'imprimai à l'intention de Gaspard et que je posai près de son bol :

Missak Manouchian est né en 1906, en Turquie, dans une famille de paysans arméniens du village d'Adiyaman. Son père est tué par des militaires turcs lors du génocide arménien en 1915. Sa mère meurt quelque temps après, victime de la famine. Il est alors recueilli avec son frère Karabet par une famille kurde, puis envoyé dans un orphelinat du protectorat français de Syrie. En 1925, les deux frères débarquent à Marseille où Missak exerce le métier de menuisier qu'il a appris à l'orphelinat. Puis ils montent à Paris, mais Karabet tombe malade et décède en 1921. Missak travaille comme ajusteur aux usines Citroën. Missak est licencié au moment de la grande crise économique. Il gagne alors sa vie en posant pour des sculpteurs, des peintres comme Krikor Bédikian ou Carzou. Missak écrit des poèmes et, avec son ami arménien Semma, il crée une revue littéraire, Tchank *(l'Effort). Ils traduisent Baudelaire, Verlaine et Rimbaud en arménien. Missak s'engage contre le fascisme et dirige une organisation communiste arménienne, le Comité de secours à l'Arménie soviétique où travaille Mélinée Assadourian qui deviendra sa femme.*

Pendant l'Occupation, Missak devient responsable politique de la section arménienne clandestine de la MOI (Main-d'œuvre immigrée). En février 1943, il est affecté aux Francs-Tireurs et Partisans, un groupe de guérilla du Parti communiste français. Le premier détachement où il est affecté comporte essentiellement des Juifs roumains et hongrois et quelques Arméniens. Le 17 mars, il participe à sa première action armée, à Levallois-Perret.

En juillet 1943, il devient commissaire technique

des FTP-MOI parisiens ; puis, en août, il est nommé commissaire militaire. Manouchian a sous ses ordres trois détachements, soit au total une cinquantaine de militants. Il dirige à ce poste l'exécution, le 28 septembre 1943, du général Julius Ritter, un proche d'Hitler, responsable du Service du Travail Obligatoire. Les groupes de Manouchian accomplissent près de trente opérations en plein Paris d'août à la mi-novembre 1943.

La Brigade numéro 2 des Renseignements généraux démantèle les FTP-MOI parisiens à la mi-novembre et procèdent à 68 arrestations, dont celle de Manouchian. Sa compagne Mélinée parvient à échapper à la police. Torturés, Missak Manouchian et vingt-deux de ses camarades sont livrés aux Allemands qui exploitent l'affaire à des fins de propagande, placardant des milliers d'affiches rouges sur les murs de France.

Missak Manouchian meurt fusillé au mont Valérien le 21 février 1944, à l'âge de 38 ans.

Après avoir pris une douche, et Gaspard dormant toujours, je me décidai à retourner aux Puces de Saint-Ouen pour revendre les livres qui avaient servi au décor et que j'avais stockés dans le coffre de la voiture. J'arrivais à la hauteur du marché aux voleurs de la porte Montmartre, traînant mon chariot à roulettes bourré à craquer de bouquins, quand une nuée de policiers investit les lieux, interdisant le passage à la foule. La lumière saccadée des gyrophares éclaboussait de bleu la voûte bétonnée formée par les arcades du périphérique. J'essayai d'avancer, mais en quelques instants, le cordon mis en place par les forces de l'ordre était devenu étanche.

Les rumeurs les plus contradictoires circulaient dans la masse compacte : l'arrestation d'un caïd du trafic de crack, une rafle visant les Roumains, une descente dans des réserves pour saisir des contrefaçons d'antiquités chinoises... L'explication nous avait été donnée dix minutes plus tard, lorsqu'un commissaire était grimpé sur le toit d'un fourgon muni d'un mégaphone. Il nous avait tout d'abord abreuvés de larsens avant de trouver le bon réglage de son amplificateur.

— Nous vous demandons de reculer en bon ordre, en direction de la porte de Clignancourt... Je répète : nous vous demandons de reculer en bon ordre, en direction de la porte de Clignancourt... Toute personne qui resterait dans les parages s'exposerait à un grave danger... Nous vous demandons de reculer en bon ordre, en direction de la porte de Clignancourt... Cela est également valable pour les commerçants. Nous nous chargeons de la sécurité de leurs marchandises... Reculez en bon ordre, en direction de Clignancourt...

Après un moment de flottement, les gens commencèrent à se retourner pour remonter l'allée. D'autres policiers prirent position deux cents mètres plus haut, sur l'avenue, pour interdire le passage aux nouveaux arrivants. Je m'installai en fond de salle, dans un café planqué au milieu d'une impasse et commandai un chocolat chaud. Quand elle posa la tasse fumante sur la table ronde, je demandai à la patronne si elle savait ce qui se passait dans le quartier. Un habitué qui avait saisi ma question au vol ne put s'empêcher d'avancer son explication :

— C'est Carla Bruni qui vient faire ses emplettes ; elle a décidé de remeubler l'Élysée…

— Non, j'ai eu un coup de téléphone des services techniques de la mairie… Ils ont retrouvé une bombe sur un chantier, en haut de la rue Lécuyer. Un engin de 250 kg lâché par les Anglais en 1944. Les artificiers vont essayer de faire en sorte qu'elle ne nous pète pas à la gueule !

Un vieil homme qui buvait un verre de blanc au bar s'était tourné vers celui qui venait d'évoquer Carla Bruni.

— Tu ne vas pas pouvoir rentrer chez toi, Jeannot, tu crèches juste à côté… Peut-être même qu'ils vont la pulvériser, ta piaule…

— Parle pas de malheur, je venais juste de faire le ménage ! Tu étais déjà dans le quartier, toi, à l'époque, quand ils ont bombardé le dépôt de la Chapelle ?

— Tu parles ! J'avais dix ans le jour du grand chambardement ! Je suis né dans une baraque de la rue des Châlets. Mes parents faisaient la biffe sur Neuilly et Levallois. C'était la nuit du 21 au 22 avril 1944. On a su après qu'ils avaient envoyé leurs avions pour préparer le débarquement. Leur objectif, c'était le nœud ferroviaire de la gare de la Chapelle, sauf que leurs paquets sont tombés tout autour, sur le quartier Crimée, sur Aubervilliers, plus haut encore, sur le cimetière parisien, qui en a été tout retourné, sur les ateliers de maintenance des rames de métro... Sept cents morts et deux mille blessés, des civils, rien que cette nuit-là... Des heures après le passage des forteresses volantes, les Lancasters, les Halifax et les Mosquitos, les rues brûlaient encore. Je me souviens qu'une bombe avait envoyé valdinguer le camion d'un brocanteur sur le toit d'un pavillon et que le vent le faisait bouger, comme une grosse girouette... Ensuite, ceux du service civil se sont mis au déblayage... Il y avait des cercueils partout sur les trottoirs, des familles entières qui y étaient passées... Des mômes de mon âge avec qui j'allais à l'école. On n'a pas fini d'en retrouver, des bombes, dans le quartier...

Les opérations de déminage s'étaient prolongées jusqu'à une heure de l'après-midi, et j'avais passé le temps en écoutant les souvenirs devant un plat de bourguignon accompagné de frites croustillantes. Je n'avais pas discuté quand le libraire avait repris les livres à la moitié du prix d'achat, mais avant de repartir avec mon chariot vide, je m'étais lancée :

— Le mois dernier, il y avait une table pleine de documents assez spéciaux, près de la machine à vapeur… J'ai acheté un petit fascicule qui a dû appartenir à un résistant fusillé… Je suis repassée, il n'y a plus rien… Vous pouvez me dire comment c'est arrivé chez vous ?

Le vendeur s'était penché vers moi. Il avait baissé la voix.

— Écoutez, je ne vois pas de quoi vous voulez parler. Vous devez vous tromper de boutique. Ici, il n'y a jamais rien eu de ce genre. Je ne veux pas avoir d'ennuis. D'accord ?

Je m'étais interrogée à propos de la surprenante réaction du libraire tout au long du voyage du retour, sans parvenir à en comprendre le sens. C'est Gaspard qui m'avait conseillé de tirer sur le seul fil dont je disposais : le nom de celui qui avait offert l'exemplaire du *Nuage dans le pantalon* à Missak Manouchian. Deux heures de recherches intensives à l'aide des puces électroniques poussives de notre antique ordinateur m'avaient dirigée vers un domaine que je croyais bien connaître : le cinéma. Sigismund Blikitny apparaissait en effet au générique de plusieurs films réalisés tout au long des années 1930 ainsi qu'au début de la décennie suivante. Il figurait comme assistant décorateur sur diverses productions des studios Albatros de Montreuil, un label créé par des exilés russes, puis il s'était reconverti comme preneur de son lors de l'invention du cinéma parlant. Il avait ainsi participé au *Ménilmontant* muet de Dimitri Kirsanoff avec Nadia Sibirskaïa, une Bretonne née Germaine Lebas qu'il avait retrouvée dix ans plus tard sur *Le Crime de Monsieur Lange* de Jean Renoir. Je croisai son patronyme une dernière fois, en décembre 1940, dans la liste des techniciens de *La Nuit merveilleuse* avec Fernandel et Charles Vanel, avant que les lois « interdisant aux juifs l'exercice de certaines professions » ne soient promulguées. Aucune trace ne subsistait de lui après la guerre.

Cette histoire ne m'avait pas quittée au cours des semaines suivantes, et c'est l'excitation née d'un travail sur un court-métrage expérimental qui avait fini par la mettre à distance. Elle avait fait retour un soir, alors que je feuilletais paresseusement des piles de magazines de décoration à la recherche d'une idée pour une scène d'intérieur. J'avais levé les yeux sur la télé quand la présentatrice des actualités régionales avait annoncé un sujet sur les Puces de Saint-ouen. La façade de la librairie « Au Vieux Book » s'était incrustée sur l'écran. Un reporter, micro à la main, débitait son histoire devant la pointeuse : la police, après des mois d'enquête, venait de mettre un terme aux agissements d'une bande qui, grâce à des complicités au cœur du service des archives de la préfecture de Paris, mettait en vente des documents sensibles prélevés dans la masse des dossiers d'instruction, des scellés. Le journaliste citait « les aveux signés d'un tueur en série, le pistolet de Jules Bonnot ayant servi à assassiner un employé de banque, des dossiers concernant des hommes politiques de la IIIe République, des pièces relatives à l'action de la Résistance et aux services de répression ».

Le lendemain, j'assistai avec toute l'équipe du film à la première projection privée de *Tenir tête.*

La scène de la rencontre de Samra avec son ancien professeur d'histoire du collège Henri-Wallon ne figurait pas dans la version définitive. Jugée trop appuyée, trop explicite par la réalisatrice, elle avait été coupée au montage.

BARBA AZUL

On avait atterri sur la place Garibaldi à la tombée de la nuit puis longé les bars topless avant d'aller s'asseoir sous les voûtes où des dizaines de restaurants proposaient des *tacos*, des *enchiladas* ou des *tostadas*, ces *tortillas* curieusement croustillantes bourrées de viande, de salade, de haricots. Un type de Tabasco rabattait le client. Il proposait de la tortue à la sauce *momo*, mais je me suis défilé en pensant à la bestiole qui se traîne dans mon jardin depuis dix ans et qui a toutes les chances de me survivre. Je ne la voyais pas barboter dans ma soupe. Des orchestres de mariachis s'époumonaient en tous sens, des silhouettes colorées, sombrero, poncho, guitare, maracas. De temps en temps, un commanditaire s'arrêtait devant le chanteur, négociait en exhibant quelques billets et le groupe autour duquel flottait encore un air saturé de notes de musique s'engouffrait dans une bagnole américaine aux chromes étincelants. Un mariage à l'autre bout de la ville, une aubade à une désirée, une surprise pour une fête d'anniversaire, le dernier hommage à un vieux qui agonisait dans son lit… Je ramassais le sel sur le bord du verre, du bout de la langue, avant d'avaler ma troisième tequila quand Fernando, le chauffeur que l'on avait mis à notre disposition, s'était approché de notre groupe. Il avait pris de l'avance sur nous, question liquide, au point qu'il avait failli s'écrouler en essayant de dribbler une chaise.

— C'est bien ici, mais c'est un spectacle pour les touristes… S'il y a des amateurs de vraie musique, je connais un endroit… Barba Azul, ça s'appelle… En français, ça veut dire Barbe Bleue… C'est pas tout près, mais ça vaut le coup…

On s'était entassés dans le 4 × 4 haut sur pattes, Jean, un futur prix Goncourt à l'avant, et nous cinq derrière, le patron de la Série Noire avec Arlette sur ses genoux, Jocelyne serrée contre moi. Plus le sourire de Séréna. Une heure après, nous avions épuisé les couplets des chansons que nous avions en commun et la bagnole roulait toujours, d'avenues en ruelles, de contournements de placettes en marches arrière dans des impasses sordides. Le chauffeur a fini par renoncer. Il a stoppé près d'un échangeur urbain.

— C'est pas dans mon habitude, mais je crois bien que je suis paumé…

On est descendus pour aller demander notre chemin à un taxi en maraude. Quand il nous a vus, le type a pris la fuite en manquant de faire brûler ses pneus sur l'asphalte surchauffé. Presque immédiatement, deux voitures de police éclairées comme des arbres de Noël et aussi bruyantes qu'un 14 Juillet ont fait irruption. Notre chauffeur s'est traîné vers les lumières clignotantes, en zigzaguant, comme s'il voulait éviter d'éventuelles balles. Il est monté dans l'une des voitures, s'est mis à discuter avec un gradé plus moustachu que Zapata et Pancho Villa réunis, puis il est revenu vers nous.

— C'est des potes… Ils savent où c'est. Ils veulent 100 pesos… Des nouveaux…

On s'est cotisés, c'était la première fois qu'on payait des flics de la main à la main. La minute suivante, encadrés par les deux bagnoles tonitruantes, on est repartis dans Mexico endormie.

La façade de la boîte, éclaboussée de bleu néon, ressemblait au Trianon, ce cinoche de banlieue où Eddy Mitchel tournait son émission, *La Dernière Séance*. On est restés toute la nuit à danser, à boire du liquide aussi pur que des blocs de cristal, en écoutant des salsas nerveuses. Une quinzaine de groupes se sont succédé sur la scène minuscule, des musiques réglées au quart de tour, des voix en limite de rupture, du sentiment en vrac, des histoires de solitudes, d'amours impossibles, de trahisons, de regards perdus…

On est ressortis alors que le matin était bien avancé. Un soleil de plomb s'apprêtait à fondre sur la ville. Le chauffeur s'était refait une santé au mescal. À un carrefour, un gosse mendiant s'est hissé sur le pare-chocs du 4 × 4. Il a commencé à mimer, sans rien d'autre que son regard et ses mains, le nettoyage du pare-brise. Et c'était comme si l'eau ruisselait, comme si la raclette emportait les auréoles de graisse, les moustiques morts collés à la vitre…

Quand le vert s'est annoncé, il s'est approché de la portière. Le chauffeur a écarté le pan de sa veste, fait comme s'il prenait son portefeuille, il a ouvert le mirage, tiré un billet imaginaire qu'il a tendu au gamin. L'autre a fait semblant de le prendre, l'a plié soigneusement avant de disparaître progressivement dans le reflet du rétroviseur, à la manière de la pauvre silhouette de Charlot, à la fin des films muets de notre enfance.

CREVAISONS

En y réfléchissant, rien de tout cela ne me serait arrivé si je n'étais pas allé à la pêche le dimanche précédent. Pas la côtière ni la hauturière. Je n'ai pas besoin de chalutier, de repère sur le phare, de retour au port à la nuit tombante. Non, question pêche, je me contente de la roturière. Je ne fais pas de vague, un filet d'eau me suffit. Disons que je ne planque pas un hameçon à l'intérieur d'un ver gigotant pour le simple plaisir de harceler les poissons. En fait, je serais plutôt d'un naturel pacifique. Ma hantise des arêtes fait que ce n'est pas davantage pour garnir mon assiette de friture de goujons, de gardons ou de brèmes... Les sardines, je ne les approche qu'en filets. Les rares fois où j'attrape du frétillant, je surmonte le dégoût que m'inspire le fait d'avoir à leur décrocher le métal de la bouche, puis je les rejette à l'eau. Je les regarde repartir de guingois, en m'essuyant les mains, puis, à la manière d'un goéland affamé, j'observe leur sillage de sang rose qui se dilue sur fond de plantes aquatiques.

En vérité, si je me pose le cul sur les berges, c'est que j'ai besoin de calme pour évacuer le stress intense que le boulot instille dans chacun de mes muscles, à chaque terminal de mes nerfs. Je ne bosse pas chez France Télécom, mais c'est tout comme. Le spectacle sans surprise du flotteur ballotté par les flots efface un peu de l'angoisse. Plus les années passent, plus les procédures deviennent compliquées et moins je me sens à même de les assimiler. On a beau nous envoyer en stages de remise aux normes, nous organiser des séminaires qualifiants (la dernière fois c'était à Saint-Guénolé dont le cierge, paraît-il, arrondit le ventre des Bigoudènes), la pression ne cesse de s'amplifier. Pour être franc, ce n'est pas la morgue des jeunes certifiés qui peut la faire baisser d'un cran. Au contraire. Leurs neurones bien nourris captent deux fois plus vite que les miens. Je ne connais rien de plus humiliant que leur façon de nous observer, du haut de leur envol, quand toute la génération d'avant, dont je fais partie, rame pour répondre aux questions de contrôle de l'instructeur, un Breton bretonnant de Penmarc'h. On se console en se disant qu'un jour leur tour viendra, que d'autres dents étincelantes accrocheront le soleil alors qu'ils s'arracheront leurs derniers cheveux… Le problème, c'est qu'il faut se battre contre cette idée insinuante qui trotte dans un coin de la conscience, et qui dit que seuls nos os se réjouiront de la vengeance offerte par le Temps.

J'en étais là de mes pensées quand le ciel s'est alourdi vers le port de pêche. J'ai coiffé ma casquette et replié les gaules pour aller me réfugier dans ma vieille Golf. Je m'étais rabattu sur l'allemande depuis que ma fille, trois semaines plus tôt, s'était emparée de la Land-Rover. Un voyage en Andalousie, dans la Sierra Nevada, à la recherche des paysages où avaient été tournés des monceaux de westerns-spaghettis, au cours des années 1970… Elle n'avait pas eu besoin de trop insister pour me dépouiller… Sa présence blonde, un sourire, plus trois ou quatre titres de films lancés dans la conversation dont deux me restaient en mémoire : *Si tu me coupes le bras droit, j'apprendrai à tirer du gauche et je te tuerai*, *J'irai jeter du chili con carne sur tes tripes*… D'autant que je me souvenais avoir vu le premier, un soir de cafard, dans une ville de garnison.

Depuis quelques minutes, le vent soulevait la terre jaune en rafales, puis ça s'est mis à tomber, des gouttes obèses qui éclataient sur la poussière de la carrosserie, pareilles à ces multitudes écœurantes d'insectes, l'été, en longeant les blés mûrs. Je suis sorti du sentier avant que la pluie ne remplisse les ornières, puis je me suis décidé à couper par les champs, vers Kérity, pour éviter de patiner dans la grimpée du cimetière, afin de rejoindre plus rapidement la départementale à la hauteur du château d'eau. J'ai compris que je n'avais pas fait le bon choix quand la roue avant droite a soulevé un piquet de bois, caché dans les herbes, qui est venu cogner sous l'aile. L'onde de choc n'avait pas fini de résonner dans l'habitacle que le volant m'a échappé des mains. La voiture s'est mise à plonger du côté opposé, droit sur un petit bras de rivière où les vaches viennent étancher leur soif. J'ai freiné. La bagnole est partie en glissade pour s'immobiliser à moins d'un mètre de la zone de berge boueuse malaxée par les piétinements des bovins. J'ai barboté, sous un orage de grêle, me suis accroupi en me tenant au pare-chocs…

Le piquet s'était fiché sous la tôle, et les trois mètres de fil de fer barbelé qui y étaient attachés s'étaient enroulés autour de l'axe de roue après avoir percé les flancs du pneumatique, lacéré la chambre à air. À la première tentative, le cric s'est enfoncé dans la terre gorgée d'eau. Je me suis mis à la recherche de pierres plates, pour aménager un petit socle grâce auquel j'ai pu prendre appui pour soulever le véhicule. La Golf en équilibre instable, je me suis aperçu que j'avais oublié de desserrer les écrous de la roue accidentée. Il m'a fallu déployer des trésors de patience pour jouer de la manivelle sans mettre à bas tout l'édifice ! Un quart d'heure plus tard, trempé jusqu'aux os, je reprenais place derrière le volant. Je n'avais pas encore parcouru une dizaine de mètres que les nuages noirs disparurent, comme par enchantement. Un soleil neuf s'est mis à réchauffer la nature inondée.

J'ai fait un détour pour m'arrêter à la station de la Torche où j'ai laissé la roue crevée : un rapide coup d'œil a suffi au mécano pour me dire que seule la jante était récupérable.

— Je n'ai pas cette taille-là en réserve. En plus, il est en bout de course. D'autant que je n'ai pas le droit de changer un pneu que d'un seul côté… Il faut que j'en commande une paire. En rechapé, c'est moins cher.

J'ai dit d'accord. Il a noté sur son cahier.

— Je les aurai dans un jour ou deux… Repassez après-demain en fin de journée pour faire l'échange… À vue de nez, il faudra compter dans les cent cinquante euros tout compris, pièces et main-d'œuvre…

Ça mettait la partie de pêche ratée au tarif de la conserve d'esturgeon fourré au caviar ! Il s'est baissé pour inspecter la roue de secours.

— Ça fait longtemps que vous l'avez fait vérifier ?

— C'est la première fois que je m'en sers en six ans ! J'ai jamais eu besoin de la sortir du coffre… Pourquoi vous me demandez ça ?

Il a fait une grimace.

— Elle est sous-gonflée… Je vais lui mettre un peu de vitamines…

— On verra ça après-demain… Je suis frigorifié. J'ai besoin d'aller me changer sinon je vais attraper la crève.

Le lendemain matin à l'aube, la théorie de la loi des séries a démontré, une nouvelle fois, sa validité. Je devais me rendre à l'aéroport de Rennes, distant d'une cinquantaine de kilomètres, pour prendre un avion à destination de Budapest où je devais animer un séminaire sur les nouvelles directives européennes de sécurité applicables aux piscines familiales. Un autre vol me ramènerait à mon point de départ en soirée, et j'avais l'intention de laisser la voiture au parking pour en disposer à mon retour. Je filais sur Quimper pour aller prendre la quatre-voies quand la direction a donné des signes de faiblesse avant de se durcir. Je me suis accroché au volant lorsque ça s'est mis à tressauter et j'ai essayé d'aller me garer sur un dégagement, à l'amorce d'un virage. J'ai failli rayer de la carte la cabane en planches dans laquelle un agriculteur du coin vendait ses fruits, en journée. Le pneu que je n'avais pas pris le temps de regonfler exhibait ses entrailles. Bien que je sache pertinemment que le constructeur ne s'amusait pas à planquer une deuxième roue de secours surprise, j'ai ouvert le coffre, soulevé la trappe, pour bien me persuader qu'elle était vide.

J'ai pris ma mallette sur la banquette, à l'arrière, avant d'aller me poster au bord de la route pour tenter d'arrêter un téméraire. Je me suis retrouvé assis près d'un boulanger qui faisait la tournée des bleds. Quand je lui ai expliqué que je visais l'aéroport, il a levé les bras en signe d'impuissance en relançant le moteur pour aller satisfaire les amateurs de croissants et de pain frais. Le suivant a été le bon. J'ai à peine eu besoin de lever le bras... Le coupé BMW est venu se ranger sur le bas-côté et son conducteur s'est penché pour ouvrir la portière. Un flot de musique indéfinie s'est échappé de l'habitacle, clouant le bec aux oiseaux nichés alentour. Il a hurlé pour couvrir l'épaisseur des notes.

— Qu'est-ce qui vous arrive ?

Je lui ai expliqué, pour la Golf.

— La poisse ! J'ai crevé deux fois de suite. Je n'ai plus de roue de secours... Je dois être à l'aéroport en fin de matinée... Vous pouvez me rapprocher de Rennes, ou me laisser près d'une station de taxis ?

Il m'a fait signe de monter.

— Grimpez ! Vous avez de la chance dans votre malheur, j'y vais aussi...

Dans la seconde qui a suivi le claquement de portière, il avait déjà passé les quatre premières vitesses. Seul un virage particulièrement retors l'avait empêché d'enclencher la cinquième. Tous les sens en éveil, j'essayais de tirer sur la ceinture pour me harnacher, mais l'enrouleur résistait. Le chauffeur me dissuada d'insister. J'ai alors remarqué qu'il n'avait pas bouclé la sienne.

— C'est pas la peine, elle est déglinguée... N'importe comment, à cette heure-là on ne croise jamais d'uniformes. Tout juste s'ils sont levés, le képi est encore posé près du bol de café...

Il s'est concentré pour effacer une suite d'épingles à cheveux, faisant crisser les pneus sur l'asphalte, se payant le luxe d'un dérapage en lisière du gravier, dans la dernière courbe de la série. La voiture a vibré quand il a rétrogradé pour redonner de la puissance à la naissance de la longue ligne droite qui mène à la quatre-voies. L'aiguille du compte-tours a titillé la zone rouge. Celle du compteur est allée s'aventurer vers le chiffre 160. Il a légèrement ralenti à l'approche de l'échangeur tout en se retournant pour farfouiller dans la poche de sa veste posée sur la banquette, à l'arrière.

Les ongles plantés dans le cuir de mon siège, j'ai réussi à murmurer.

— Je peux vous aider... Vous cherchez quelque chose ?

— Non, rien, mes clopes...

J'ai inconsciemment essayé de trouver la pédale de frein sous mon pied droit quand un camion est apparu dans notre champ de vision, alors qu'on enfilait la bretelle d'accès. Ma semelle a écrasé la moquette. Le conducteur n'a pas bronché, il a tranquillement franchi la ligne continue tout en se baissant pour enfoncer l'allume-cigare dans son logement. Dès que les roues ont foulé le macadam autoroutier, il s'est empressé d'accrocher sa sixième vitesse et s'est mis à dégager les imprudents qui osaient rouler sur la troisième voie à coups d'appels de phare rageurs.

Alors que nous parvenions sur les hauteurs de la ville, le passager d'une Mercedes, visiblement excédé, n'a pas bougé d'un iota. J'ai vu le moment où nous allions le percuter comme au stock-car, mais à un mètre du coffre, il a changé de file pour passer, en slalomant, entre la voiture allemande récalcitrante et une camionnette de déménagement. Il a baissé la vitre, d'une pression sur la commande, fait un bras d'honneur à l'autre kamikaze avant de remettre toute la gomme.

— Qu'est-ce qu'il croit, ce connard ? Que l'autoroute lui appartient ?

Il a jeté son mégot par la portière puis s'est penché vers moi.

— Il n'y a rien de plus dangereux, au volant, que les limitations de vitesse. Ça encourage les endormis : ils s'emmanchent sur la voie rapide, dès le départ, et ils n'en décarrent plus de tout le voyage… Ils ont une âme de fonctionnaires, leur rêve, c'est deux rails parallèles, comme à la SNCF… Pas de questions à se poser, on suit le tracé, on pisse à l'arrêt ! C'est justement là que je leur pisse, moi : à la raie !

J'ai lâchement avancé :

— Sauf que ça devient plus difficile de conduire normalement, maintenant, avec tous leurs radars…

Il a éclaté de rire.

— Jetez un œil dans la boîte à gants… J'ai installé un scanner de première, made in Hongkong. Il les repère cinq cents mètres à la ronde qu'ils soient fixes ou embarqués. Là, regardez, il y a un signal qui clignote sur le cadran, c'est mon démineur…

Contrairement à mes souhaits les plus secrets, il ne s'est pas calmé en entrant dans les faubourgs. Il se coulait dans les embouteillages naissants, à croire que sa bagnole était faite en guimauve. Quand il m'a laissé dans les sous-sols de l'aéroport de Rennes, j'avais regagné les vingt minutes passées à faire du stop sur le bord de la route. Je l'ai remercié, le cœur au bord des lèvres, les guibolles flageolantes, la bouche pâteuse. Ma mallette à la main je me suis dirigé vers les comptoirs d'embarquement du vol vers Budapest.

Une heure plus tard, je me remettais de mes émotions, confortablement assis dans l'un des fauteuils de l'Airbus. Je lisais les quotidiens tandis que l'avion se remplissait de vacanciers, d'hommes d'affaires. Lorsque les moteurs se sont mis à ronfler, j'ai sorti mon dossier sur les nouvelles normes de sécurité dans les piscines, tous les dispositifs de protection. Je l'ai feuilleté en attendant le décollage. Les derniers membres de l'équipage empruntaient le tunnel pour pénétrer dans l'appareil. Ils parlaient fort, plaisantaient. Un steward hilare, deux hôtesses de l'air éclatant de rire, suivis par celui qui les mettait en joie et dont j'ai reconnu immédiatement les traits sous sa casquette de commandant de bord. Le type à la BMW !

Sans même réfléchir, j'ai détaché ma ceinture de sécurité. Je me suis levé et je me suis précipité vers la porte qu'une hôtesse s'apprêtait à verrouiller. Je me suis planté devant le pilote, juste avant qu'il ne pénètre dans le cockpit. J'ai élevé la voix pour que tout le monde en profite :

— J'ai déjà failli crever avec toi ce matin, pas question que je provoque le destin une deuxième fois ! Bonne chance à tous…

J'ai bousculé l'hôtesse et je me suis éjecté du fuselage juste avant qu'il ne soit trop tard. Derrière moi, la porte a pivoté pour condamner hermétiquement l'issue de la boîte à sardines.

C'est à ce moment-là que je me suis aperçu que j'avais oublié de prendre ma mallette, mes documents. J'ai tambouriné sur les hublots de plexiglas qui passaient devant moi au ralenti, avec à l'intérieur, tout au long du cigare d'aluminium, les visages interrogatifs de tous ceux qui ne se savaient pas encore les otages d'un fou du volant.

LE MUR DE NOËL

Un cri monta de la foule quand il leva la main pour donner le signal des réjouissances. Puis ils furent cent, bientôt des milliers à gonfler leur poitrine, par vagues successives, pour exprimer la joie réglementaire d'un peuple obéissant. Le président s'était assis dans son écrin de velours rouge, au centre de la tribune qui faisait face au mur, et les yeux clos, bercé par la rumeur, il savourait l'instant. Cela faisait cinquante ans qu'il n'avait pas éprouvé un tel sentiment de plénitude ; il retrouvait soudain une émotion enfouie au plus profond, un bonheur d'enfance. Un sourire venu de ce passé se posa sur ses traits. La première dame, le surprenant, se pencha vers son époux tout en exerçant une pression de la main sur son bras, au travers de l'uniforme d'apparat.

— Qu'est-ce qui te fait rire ? Tu penses à quoi ?

Il souleva les paupières et fut lui-même surpris de s'entendre répondre par la vérité, une faiblesse passagère qu'il attribua à la solennité du moment.

— À rien... Je songeais à Ole Kirk Christiansen...

— Ole Kirk quoi ?

— Ole Kirk Christiansen...

— Jamais entendu parler... Qui est-ce ? Il y est pour quelque chose ?

Les premières notes de l'hymne national, en imposant le silence au vaste rassemblement, lui permirent d'éluder la question. Il se dressa en plein soleil, porté par plus de cent mille regards. Les souvenirs l'accompagnèrent tandis qu'il se dirigeait vers le pupitre hérissé de micros. De microscopiques flocons de neige, tombés d'un autre temps, virevoltaient derrière la vitre. Il revit le doux visage de sa mère qu'éclairaient par intermittences les ampoules colorées de la guirlande électrique qui serpentait sur les branches du sapin...

— Regarde, petit amour, le Père Noël est passé pendant que tu dormais...

Dans le calme respectueux qui l'accompagnait, il perçut nettement le froissement du papier cadeau sous ses doigts impatients. Le sang afflua à ses tempes quand sa mémoire souleva le couvercle de la boîte de jeu tant désirée, et renversa sur le parquet ciré les dizaines de briques rouges, vertes, bleues, jaunes, qu'elle renfermait. Sa vocation d'architecte était née cette nuit-là, au pied du sapin, en assemblant les pièces du Lego pour leur donner la forme d'une maison, d'un château, d'un palais. Une passion dévorante. Sa mère avait sacrifié sa jeunesse pour qu'il puisse fréquenter les meilleures universités dispensant les diplômes les plus réputés. Les circonstances en avaient décidé autrement, et au lieu de dresser les plans de villes futures, il avait dû, lui le fils d'une employée et d'un père inconnu, bâtir un État né du morcellement d'un empire.

Il s'était replongé dans les écrits de ses maîtres, trois ans plus tôt, quand les menaces aux frontières avaient mis son pouvoir en danger. Personne n'avait contesté son idée d'ériger un obstacle infranchissable, aux lisières du pays, afin de décourager l'appétit de ses puissants voisins. Il l'avait dessiné dans ses moindres détails après avoir étudié toutes les failles qui avaient été fatales aux ouvrages du même genre dont l'Histoire avait gardé la trace, depuis les murailles trop sensibles de Jéricho jusqu'au mur dressé entre chiites et sunnites dans la ville irakienne d'Adhamiya, en passant par le serpent de pierre qui traversait la Chine. Il avait dépêché des espions le long de la barrière fortifiée protégeant le Texas de la misère mexicaine. Des silhouettes furtives avaient arpenté le no man's land séparant les Corées, les dunes de sable artificielles créées aux confins du désert marocain et celles, plus anciennes, laissées en Abyssinie par le maréchal

Graziani. D'autres encore s'étaient introduits dans les tunnels reliant le réduit de Gaza au Sinaï égyptien. Une équipe avait épuisé l'abécédaire des lignes défensives : Dora, Mareth, Maginot, Morice, Siegfried… L'étude des erreurs du passé ne garantit pas le succès, mais elle prémunit contre les défaites trop soudaines. Sur le papier, la nouvelle frontière pouvait résister à tout : ondes, vibrations, tremblement de terre, bombardement, travail de sape, percement, franchissement…

Le président posa le texte de son allocution sur le pupitre. L'édifice qui allait aujourd'hui recevoir son nom plongeait ses fondations métalliques à des dizaines de mètres de profondeur, des systèmes de herses filtraient l'eau des rivières souterraines, tandis que des pointes acérées, fichées par milliers au sommet de la construction, griffaient les nuages. La sonorisation répercuta un bruit de tonnerre quand il se racla la gorge avant d'entamer son discours.

— Mes chers compatriotes…

Tous les yeux étaient fixés sur lui, pas un ne clignait, et il s'apprêtait à prononcer la phrase inaugurale lorsqu'un événement imprévisible qu'il était seul en mesure de voir se produisit. Un ballon (on apprit plus tard qu'un enfant l'avait lâché par inadvertance, au sortir d'un repas d'anniversaire) lesté de sa ficelle dodelinait dans le ciel profitant des courants ascendants. Le président demeura immobile une seconde de trop, la bouche ouverte en cul-de-poules et son peuple, intrigué, tourna la tête au moment exact où la baudruche aux flancs décorés d'une figure de clown et du M doré d'une chaîne de restauration rapide franchissait le rempart. Un rire éclata dans la foule, puis un autre, puis cent, puis mille. Une humanité entière s'esclaffait, par vagues successives. Une forêt de mains s'étaient dressées pour saisir la ficelle comme on le fait, au manège, avec la queue du Mickey… Là-bas, l'air lui manquait soudain. Le président porta la paume droite à sa poitrine et s'affaissa dans l'hilarité générale. Un conseiller s'agenouilla pour recueillir ses derniers mots avant qu'il ne sombre dans un coma définitif :

— Ole Kirk Christiansen…

— Qu'est-ce que vous dites ?

— Ole Kirk…

L'autopsie confirma l'hypothèse de la crise cardiaque. Le légiste eut simplement la surprise de constater que le caillot fatal au président avait pris la forme inhabituelle d'un minuscule parallélépipède. Comme une briquette de sang coagulé…

Le conseiller, seul dépositaire des ultimes paroles du président, fut contraint de quitter le pays dans les heures qui suivirent la disparition de son maître. La précarité de sa nouvelle situation lui fit négliger de percer le mystère de ce nom livré au seuil de la mort.

Bien longtemps après, le hasard lui offrit l'explication alors qu'il visitait une maison d'exil dans la province de Billund, au Danemark. Un panneau directionnel placé devant la fenêtre de la cuisine indiquait la présence d'un musée Ole Kirk Christiansen, à la périphérie de la ville. Les paroles du Guide lui revinrent en mémoire. Il questionna l'agent immobilier, l'air de rien, en passant du salon à la véranda :

— C'est qui, exactement, ce Christiansen ?

— Vous ne connaissez pas Ole Kirk !

— Non…

— C'est le bon génie de Billund… Nous lui devons la fortune de notre ville. C'est lui qui a inventé le Lego…

CIMETIÈRE D'AFRIQUE

À dix années de distance, les deux catastrophes ont emprunté le même chemin. Le 26 décembre 1999, quand la tempête baptisée Martin a déferlé sur l'Europe, je venais tout juste d'emménager dans La Jeanne-Marcelle, une sorte de manoir bâti deux siècles plus tôt sur les ruines d'un château incendié lors des troubles révolutionnaires. Je dormais dans l'une des chambres refaites, sous les combles, lorsque les premières bourrasques avaient fait grincer la charpente, et je m'étais laissé un moment bercer par ce qui, dans mes songes, s'apparentait au travail du bois d'un navire chahuté par les flots. Un craquement de naufrage m'avait jeté hors du lit. Je m'étais précipité vers la fenêtre pour voir le faîte d'un orme tomber au milieu du mail bordé d'arbres centenaires qui menait à la grille. Le vent imprimait ses marques sur le paysage, comme une main gigantesque agitant une chevelure. Une rafale d'une force inouïe s'était soudain frayée un passage dans cette nature mouvante, courbant tout ce qui acceptait de se soumettre, détruisant la moindre résistance. En une seconde, plus rien ne subsistait de cette allée majestueuse, qu'un enchevêtrement de branches maîtresses, au sol, d'où émergeaient les blessures blafardes des troncs brisés. Un cimetière, sous la lune.

Dix ans plus tard, les paulownias qui ont remplacé les ormes meurtris n'ont eu à subir aucune attaque, et le déferlement rageur de Xynthia, en février 2009, les a simplement débarrassés de leurs bois morts. Le danger, cette fois, n'a pas pris la forme impalpable des airs mais celle tout aussi imparable des eaux. La tempête s'est alliée aux grandes marées, au vent de mer, pour bousculer les obstacles que la patience humaine avait disposés pour protéger ses refuges. Les flots venus de l'océan ont envahi l'embouchure des fleuves, des rivières, emportant tout sur leur passage, barques, baraques sur pilotis, matériel ostréicole, pierraille arrachée aux digues… Des corps aussi, par dizaines. Ce jour-là encore, j'étais à la fenêtre, fasciné par la houle qui déferlait à la surface de la Charente, par les vagues qui montaient à l'assaut des berges, par les paquets d'écume qui venaient se plaquer contre les vitres. Des pluies torrentielles noyaient le ciel. Bientôt, la route départementale avait été submergée, et la mer, après avoir vaincu le fleuve, se répandait dans la campagne. Il ne lui avait fallu que quelques minutes pour recouvrir les graviers de l'allée, venir battre les marches du perron, s'infiltrer dans le sous-sol par les soupiraux grillagés. C'était maintenant de véritables rouleaux qui allaient se briser contre la façade de La Jeanne-Marcelle. Deux heures plus tard, quand les éléments avaient fini par se calmer, j'étais allé me coucher dans mon manoir transformé en île.

Un spectacle incroyable m'attendait à mon réveil. Aspirées par la marée, les eaux pillardes de la Charente déchaînée avaient retrouvé leur lit, emportant tout ce qu'elles pouvaient dans leur mouvement de reflux. L'allée que les paulownias protégeaient de leur ombre avait été nettoyée de ses tonnes de graviers, de son épaisse couche de terre, faisant resurgir son tracé initial constitué de ce que je pris dans un premier temps pour des pavés. Je dévalai l'escalier, les marches du perron, pour me retrouver devant une véritable voie empierrée au moyen de milliers de galets gris, marron ou noirs. Je me baissai pour en desceller un de sa gangue de boue, et me retrouvai avec une sphère de la taille d'un melon et d'un poids de plusieurs kilos. Lors de la déclaration de sinistre, je renonçai à signaler la disparition de l'ornement de l'allée, m'étant habitué à l'étrangeté de cette nouvelle perspective dont personne, dans la région, ne parvenait à me fournir la moindre information sur son origine. Pas une plage à des kilomètres à la ronde, pas une crique où l'on pouvait buter du pied sur une de ces pierres…

Une piste s'était dégagée lors d'un dîner familial à La Rochelle, dîner auquel une cousine avait convié un historien qui travaillait sur les archives de la Corderie royale de Rochefort. Quand j'avais été présenté comme le propriétaire d'un manoir des bords de Charente appelé La Jeanne-Marcelle, le chercheur avait émis l'hypothèse que cette bâtisse avait dû être édifiée sur les ruines d'un domaine appartenant à l'armateur d'un navire, *La Jeanne-Marcelle,* qui jadis faisait du commerce avec les Amériques. Muni d'une lettre de recommandation, je m'étais rendu quelques semaines plus tard au musée d'Histoire de Nantes où l'on m'avait communiqué de lourds dossiers. *La Jeanne-Marcelle* avait été construite dans le port de la Chézine, à Nantes, par les chantiers Jacques Préboist et pour le compte d'un puissant armateur, Jean d'Entrevoze. Le bâtiment avait été lancé le 4 septembre 1758 en direction des côtes africaines, les cales emplies de toiles d'indiennes, de vaisselle en étain, en faïence, de fusils, de barils de poudre, de plombs, de verroterie inscrite sous le nom de *rassades.* De la masse de documents mise à ma disposition, il ressortait que cette cargaison servait, pour l'essentiel, à acheter des esclaves à Loango, Cabinda ou Kakongo, en profitant d'accords passés avec les autorités portugaises.

Le *Tableau général de la traite* tenu par le capitaine indiquait que 308 captifs, dont 97 femmes et 32 enfants, avaient rejoint les soutes du bateau lors de ce premier voyage, et qu'ils avaient été conduits à Cap-Français, aux Antilles, où les planteurs appréciaient particulièrement la résistance physique des tribus Quibamgues ou Mayombes… Une fois la vente à bord effectuée, les barriques de sucre raffiné, les boucauds de café rejoignaient en fond de cale l'ivoire précieux des défenses braconnées en Afrique.

La Jeanne-Marcelle avait dérogé une seule fois à ce périple qui la voyait quitter La Rochelle pour les côtes angolaises puis les rivages d'Haïti, avant de remettre le cap sur son port d'attache. En 1760, alors que vacillait la domination française sur le Québec, l'équipage avait effectué une sorte de raid pour récupérer des montagnes de peausseries, de fourrures, entassées dans des entrepôts de l'embouchure du Saint-Laurent menacés par les troupes anglaises. La cargaison de peaux d'ours, de caribous, de castors, de wapitis étant volumineuse mais beaucoup moins pondéreuse, il avait fallu lester le navire afin qu'il tienne la mer : on avait entassé des tonnes de galets gris, marron ou noirs, le poids exact des esclaves débarqués, dans les cales de *La Jeanne-Marcelle.*

Les bénéfices insensés tirés des premières campagnes du navire avaient permis à l'armateur Jean d'Entrevoze d'édifier un château sur les bords de la Charente, et les pierres d'Amérique avaient servi au soubassement de l'allée bordée d'ormes qui y menait.

C'est là que j'attends la prochaine tempête, devant l'image reflétée du passé, « au bord d'une eau noire et profonde ».

NOUS SOMMES TOUS DES GITANS BELGES !

Déméter était tombé amoureux de Fantaisie au premier regard, un mois plus tôt. Ce n'était pas sa robe isabelle luisante, son crin tressé ni ses courbes généreuses qui l'avaient séduit, mais plutôt cette manière qu'il avait, les babines retroussées, d'imiter Fernandel dans un hennissement proche du rire humain. Son propriétaire s'en débarrassait, inquiet de tout ce noir que portaient les nuages qui s'amoncelaient vers l'est. On ne garde pas un haras dans la tourmente. D'après ce qu'on lui avait dit, Fantaisie avait pour géniteur un étalon persan dont le palmarès s'ornait d'un Prix d'Amérique, de quelques trophées à Ostende, d'une tape du roi sur sa croupe. On avait eu l'honnêteté de lui avouer que sa jument de mère était des plus anonymes. Une pataude selon toute vraisemblance, puisque Fantaisie n'était pas taillé pour la course, trop court de rein, trop ensellé, mais vigoureux et trapu.

Déméter s'était installé sur son dos creusé

pour le conduire, à travers champs, jusqu'au campement installé à la lisière d'une forêt à égale distance de Bruxelles et de Soignies. La sympathie semblait être réciproque, puisque le demi-sang avait accepté sans le moindre mouvement de mauvaise humeur d'être attelé à la roulotte. Déméter lui avait appris en quelques jours à tirer la charge, à répondre à ses sollicitations. Il parvint même à l'arrêter court, ce qu'il n'avait jamais réussi avec les trois bêtes de trait précédentes. Le défaut de Fantaisie lui venait de son ascendance : il était impatient et la simple vue d'une ligne droite lui échauffait les sangs. Il piaffait, remuait la queue en tous sens, tremblait des naseaux, dans le désir d'effacer la distance. Déméter se rejetait alors en arrière, tirait sur les rênes pour le contredire.

Ce soir-là, il alimentait un feu pour le ferrer de neuf, quand un véhicule de la gendarmerie quitta la nationale et cahota sur le chemin de terre qui menait aux roulottes. Deux hommes sanglés dans leurs uniformes descendirent tout d'abord de la fourgonnette, suivis d'un autre homme d'une trentaine d'années, court sur pattes, le visage barré d'une épaisse moustache, dans lequel Déméter reconnut un paysan qui les avait dix fois menacés d'expulsion. C'est Andres qui s'avança à leur rencontre tandis que toute la communauté se rassemblait pour observer l'échange à distance. Le premier militaire ébaucha un salut.

— Il va falloir que tu dégages de là avec toute ta smala, au plus tard demain matin...

Andres tendit les bras vers ses interlocuteurs.

— C'est pas possible... On a donné rendez-vous à une partie de la famille qui vient d'Allemagne... Ils ont eu du mal à sortir... S'ils ne nous voient pas, ils vont être complètement perdus... Laissez-nous un peu plus de temps... Une semaine...

Le second gendarme s'avança.

— Si tu commences à discuter, c'est pas demain que tu vas déguerpir, mais tout de suite... Monsieur Demuyck a déjà été bien bon de vous laisser vous installer sur ses terres pendant deux semaines. Demain à 8 heures, il doit faire couper deux rangées de peupliers. Si vos carrioles et vos bestioles sont dessous, tant pis pour vous, il ne faudra pas venir vous plaindre !

La caravane prit la route du sud en direction de Soignies, au petit matin, les enfants et les anciens sous les bâches, les chiens accompagnant le mouvement depuis les bas-côtés. On les refoula, de village en village, et ce n'est qu'à la faveur de la nuit qu'ils purent faire halte sur un terrain vague délimité par les murs d'une usine et une haie vive. Andres fut d'avis de ne pas allumer de feu, et l'on mangea froid.

Au lever du soleil, Déméter profita de la douceur de mai pour seller Fantaisie et pousser jusqu'au plus proche village. Une animation inhabituelle s'était emparée des rues que des dizaines de personnes sillonnaient en gesticulant, en parlant haut. Après avoir attaché sa monture à un œillet, devant un estaminet, il aborda un ouvrier qui venait de descendre de son vélo.

— Qu'est-ce qui se passe ? Il y a eu un accident ?

L'autre le regarda un moment avant de répondre.

— Vous n'êtes pas au courant ?

— Au courant de quoi ?

— Ben, tout simplement que la Hollande vient de capituler et que l'armée française se dirige vers nous à toute vapeur pour stopper les Allemands ! On est pris entre deux feux…

Déméter prit juste le temps d'avaler un café, d'acheter du tabac, et il piqua des deux pour mettre Fantaisie au galop. Les chefs des quatre familles se réunirent afin d'apprécier la situation et décider ce qu'il convenait de faire. Il y avait longtemps que les lettres d'Allemagne avaient cessé de parvenir jusqu'à eux. Ils savaient, par les chuchotements roms qui passaient les frontières, le sort réservé dans le Reich aux Zigeuners dont les campements s'étaient mués en camps. Le choix n'existait pas : il fallait, pour survivre, marcher vers le sud de la Belgique.

Ils découvraient les clochers de Mons, trois jours plus tard, quand la terreur provoquée par les premiers hurlements des Messerschmitt les jeta dans les fossés. Quelques heures suffirent pour que les routes se couvrent d'une armée de civils en débandade. Tout le pays s'était mis en marche vers la frontière, sous un ciel d'incendie, abandonnant les champs, les fermes, les commerces. On tirait des charrettes, on poussait des landaus, on se maintenait en équilibre sur d'invraisemblables chargements de chaises, de matelas, de lessiveuses, on enviait les privilégiés qui roulaient au pas dans une Rosengart, une Citroën.

Andres se décida à quitter la marée humaine une quinzaine de kilomètres avant le poste de douane. Il connaissait un ancien chemin de contrebande, tabac et café, qui longeait la voie ferrée et débouchait, après un tunnel, en territoire français. Ils n'eurent pas besoin de décourager d'éventuels suiveurs : on était contents, dans le fleuve d'exode, de voir s'éloigner les bohémiens. Une voiture bloquait le passage, dix kilomètres plus loin, à proximité d'une mare où ils allaient faire boire les chevaux. Un cardan s'était brisé à l'avant, sous le poids de la charge, et une roue gîtait lamentablement. Une femme enceinte, un enfant en bas âge dans les bras, regardait son mari qui s'escrimait sur la mécanique, les manches de chemise relevées. Quand il se redressa, Andres et Déméter reconnurent Demuyck qui les avait fait expulser de son bois, une semaine plus tôt. Les deux gitans sautèrent de leur siège, hachette à la main. Ils coupèrent en silence une longueur de haie pour permettre aux roulottes de passer par les champs en évitant le véhicule accidenté. Ils s'éloignaient quand Demuyck se mit à courir pour se porter à leur hauteur. Déméter tira sur les rênes, stoppant net Fantaisie.

— Vous avez quelque chose à nous dire ?

Le paysan, essoufflé, vint s'appuyer contre la roue.

— Il faudrait me remorquer jusqu'à l'autre côté... Il y a un garage à deux kilomètres... Ma femme est enceinte, et le bébé n'arrête pas de pleurer... J'ai de l'argent... Je peux vous dédommager... S'il vous plaît...

Les deux hommes n'eurent pas besoin de se concerter pour savoir ce qu'ils avaient à faire. Une corde passée sous le châssis puis attachée à l'essieu de la dernière roulotte fit l'affaire. On installa la femme et le petit de Demuyck sous la bâche, en compagnie de l'épouse de Déméter qui attendait un enfant pour le mois suivant. Le paysan s'était assis sur le banc de la voiture de tête, près d'Andres, et c'est dans l'obscurité du tunnel qu'il trouva assez de courage pour s'excuser.

— Je regrette ce que j'ai fait, l'autre jour... Vous auriez dû me dire qu'il y avait une femme enceinte...

Andres ne se donna pas la peine de tourner la tête vers lui.

— Je ne veux pas de tes excuses. Il suffit pour ça d'ouvrir les yeux... Tu ne voulais pas de nomades sur ta terre, et aujourd'hui, regarde : tout notre pays est transformé en tribu gitane... Tout un peuple a pris la route. Ce ne sont ni ta raison ni ton cœur qui font que nous sommes assis côte à côte...

Demuyck écarquilla les yeux.

— C'est quoi, alors ?

— La peur, et quand elle sera dissipée, tu replanteras ton panneau « Propriété privée, interdit aux gens du voyage ».

Demuyck jura sur tout ce qu'il avait de plus cher que cette prédiction serait démentie. Mais Andres, instruit par cinq siècles d'histoire, se refusa à lui accorder le moindre crédit.

Pourtant, en juillet 1940, dans une clinique de La Rochelle, Pascaline Demuyck donna naissance à un Wallon braillard dont on s'étonne encore aujourd'hui qu'il se prénomme Andres.

L'ESPOIR EN CONTREBANDE

L'inspecteur Lentraille se tenait debout près du pilote de la navette fluviale qui traversait la Seine. Appuyé au bastingage, il observait le face-à-face de pierre des deux principaux événements architecturaux de l'Exposition internationale : le cube massif surmonté d'un aigle symbolisant la solidité du régime hitlérien à l'assaut duquel se lançaient, depuis le pavillon soviétique, une paysanne et un ouvrier armés d'une faucille et d'un marteau. Une dizaine de personnes, des gardiens en uniforme pour la plupart, l'attendaient sur le ponton, devant les jardins du Trocadéro. Un civil, qui se présenta comme le directeur, lui tendit la main pour l'aider à prendre pied sur la terre ferme, avant de lui indiquer la direction du pavillon espagnol.

— Nous avons retardé l'ouverture des portes de l'Exposition d'une heure pour vous laisser le temps de procéder tranquillement à toutes vos observations, vos constatations…

Ils longèrent une allée ménagée dans l'ombre de l'aigle allemand et du couple russe pour atteindre le bâtiment qui abritait *Guernica*, la fresque peinte par Pablo Picasso que l'on avait présentée pour la première fois au public, la veille au soir. Le corps dénudé d'un homme d'une trentaine d'années avait été découvert lors d'une ronde, deux heures après le départ des derniers invités, dissimulé dans un bosquet. L'inspecteur s'accroupit près du cadavre. Tout autour de lui, la terre fraîchement remuée par les jardiniers avait été foulée par les curieux. L'homme avait la bouche grande ouverte. Après avoir inspecté la cavité buccale du bout du doigt, Lentraille repoussa la mâchoire qui se referma sans trop opposer de résistance. Il remarqua la blessure, à hauteur du cœur, et déduisit immédiatement de la forme de la déchirure que le coup avait été porté à l'aide d'un poinçon ou d'une arme d'une forme approchante. La victime avait été dépouillée de tout ce qui aurait pu permettre une identification rapide, jusqu'à son alliance dont ne subsistait qu'une empreinte claire à la base de l'annulaire.

C'est en regardant la main qu'il vit la terre maculant l'extrémité de l'index, dessinant un minuscule croissant sous l'ongle transparent. Il souleva le corps, le fit basculer sur le côté. Quelques lettres malhabiles avaient été tracées sur le sol humide. Il déchiffra ce qui parut être un prénom féminin suivi d'un nom de famille : « LÉONA STETTIN ». Un quart d'heure plus tard, il fut rejoint par plusieurs policiers dépêchés depuis le Quai des Orfèvres. Il leur confia le soin de ratisser le périmètre pour tenter de relever la moindre trace ayant un rapport avec le meurtre.

Quand la nuit tomba sur Paris, que l'obscurité envahit son bureau sous les combles, Lentraille dut se rendre à l'évidence : son enquête n'avait pas avancé d'un pouce. Aucune Léona Stettin n'était apparue devant ses yeux pendant la consultation minutieuse des fichiers criminels. L'inventaire des objets rapportés du site de l'Exposition était tout aussi décourageant : quelques tickets d'autobus ou de métro, des épingles à cheveux, des emballages de friandises, une photo de Léon Blum, deux boutons nacrés, une pince à vélo… Il savait, par expérience, qu'il lui faudrait compter sur deux alliés : la patience et le hasard. Les crimes les plus simples demeurent toujours les plus obscurs, et là, les assassins en avaient trop fait. Tout était trop propre. Un vêtement, une bague, une paire de lunettes, quelque chose d'autrement inattendu peut-être, finirait par remonter à la surface.

Ce soir-là, comme tous les derniers mercredis du mois, Lentraille avait rendez-vous avec Joseph Fingersweig, un artisan casquettier du quartier Saint-Maur chez qui il avait pris pension quand il était arrivé à Paris, cinq ans plus tôt, en provenance de son village de Saint-Benoît-du-Sault. Ils avaient établi leurs habitudes chez Riques, un restaurant auvergnat qui maintenait la tradition des truffades et du *pounti*. Ils s'installèrent devant une bouteille de boudes, un rouge puissant de la région de Clermont-Ferrand, le temps que le plat de pommes de terre, de lard, de fromage fondu finisse de cuire au four…

Joseph avait passé une partie de la soirée à l'interroger sur ce que les journaux appelaient « Le mystère de la rame n° 382 », l'assassinat un mois plus tôt d'une jeune femme dans un wagon de métro, à la station Porte-Dorée. Lentraille en vint à s'épancher sur l'énigme qui l'occupait depuis le matin. Quand il révéla à Joseph la teneur de l'inscription tracée dans la terre, celui-ci écarquilla les yeux.

— Léona Stettin… Stettin avec un ou deux « t » ?

— Deux…

— Tu es sûr ? C'est assez drôle…

— On ne doit pas avoir le même sens de l'humour… Qu'est-ce que tu trouves marrant là-dedans ?

Il hocha la tête.

— Tout simplement que Stettin, avec deux « t », c'est le nom allemand de la ville natale de mon père. En polonais, c'est Szczecin… Il travaillait sur les chantiers navals. Ton type, avant de passer l'arme à gauche, n'a peut-être pas désigné une Léona Stettin, mais une Léona venue de Stettin…

Le lendemain, l'inspecteur s'était rendu à la bibliothèque pour lire tout ce qui était disponible sur Stettin, une ville industrielle de Poméranie située entre deux bras de l'Oder, et qui avait appartenu aux Polonais, aux Prussiens, aux Danois, aux Suédois avant de revenir entre les mains des Polonais. En dehors de l'approfondissement de sa culture générale, cela ne le mena nulle part. Deux jours plus tard, des ouvriers qui procédaient à des réparations sur les canalisations du pavillon espagnol trouvèrent la cause de l'inondation d'une partie des sous-sols : un paquet de linge obstruait un tuyau d'évacuation. Pantalon, chemise, maillot de corps, slip, chaussettes…

Lentraille se rendit immédiatement sur les lieux et déplia la chemise sur une table posée devant la fresque de Picasso, sachant d'avance qu'il allait y voir l'accroc que le poinçon avait fait dans le tissu, à hauteur du cœur. La chance lui sourit. Au cours de la fouille rapide succédant au meurtre, l'assassin avait négligé de vider une poche arrière du pantalon qui contenait un billet de train. L'eau n'avait pas encore eu le temps de diluer l'encre, et l'inspecteur put constater que le ticket avait été utilisé, la veille de l'agression, pour rallier Le Havre à Paris.

Trois heures plus tard, confortablement installé dans un compartiment du rapide, l'inspecteur fumait une cigarette en regardant défiler la campagne normande. En sortant de la gare, il lui fallait longer le port pour rejoindre le commissariat où il espérait trouver de l'aide et identifier le mort grâce aux photos réalisées par l'Identité judiciaire. Il avait à peine couvert une centaine de mètres qu'il s'immobilisa devant un énorme cargo aux flancs rouillés sur lequel étaient peints le nom et le port d'attache du navire : *Alexandra-Stettin*...

Il délaissa la visite aux collègues pour se diriger vers la capitainerie. Le sourire du marin de permanence s'effaça quand il exhiba sa carte de police.

— Vous pouvez me dire si le *Léona*, de Stettin, a fait escale au Havre au cours des dernières semaines ?

L'homme traîna des pieds jusqu'au meuble où étaient rangés les registres portant mention des mouvements portuaires. Il feuilleta le plus récent pendant plusieurs minutes, en marmonnant.

— Oui... Il est arrivé le 2 juin, en provenance de Mourmansk, en Russie... Il est resté un mois pour réparation, et il a quitté le port il y a trois jours, en direction de Bordeaux. Ils en ont profité pour le rebaptiser. Il navigue maintenant sous le nom de *Lézardrieux*...

L'inspecteur se fit la réflexion que le navire avait pris la mer au lendemain de l'assassinat, et que le meurtrier, s'il appartenait à l'équipage, avait eu le temps de revenir au Havre, son forfait accompli, pour regagner le bord.

— J'aurais aussi besoin de savoir le nom de l'armateur, son adresse…

— Tout est là, vous n'avez qu'à recopier.

Passant d'un dossier à un autre, il eut besoin de plusieurs heures pour reconstituer les étapes de la vie du cargo. Jaugeant 1 400 tonneaux, le *Léona* avait été construit en 1922 à Stettin pour le compte de Fuhrmann, Nissel et Gunther avant d'être récemment racheté, en mai 1937, par une toute nouvelle compagnie, France Navigation. L'armateur était propriétaire d'une dizaine de bâtiments de commerce qui reliaient les ports russes à ceux de la côte atlantique. La société était présidée par un certain Joseph Frisch.

Avant de prendre le dernier train pour Paris, il fit un crochet par le commissariat où il laissa les portraits de la victime, à tout hasard. Quai des Orfèvres, rien n'avait bougé pendant son absence. Personne, dans le personnel présent lors de l'inauguration du pavillon espagnol, n'avait remarqué un homme d'une trentaine d'années, moustachu, vêtu d'une chemise bleue et d'un pantalon noir. Après s'être assuré que le *Lézardrieux*, ex-*Léona*, mouillait bien dans le port de Bordeaux, Lentraille décida d'expédier les affaires courantes et de filer vers l'Aquitaine par le train de nuit. La copie du connaissement fournie par la capitainerie du Havre lui apprit que la cargaison était composée de conserves, de vins, de spiritueux et de champagnes de marques, Royal Provence, Duchesne, Lanson, Amiot, Cliquot, Chandon, le tout principalement destiné à un grossiste toulousain. Autre information capitale, donnée cette fois par la direction de l'Exposition, une délégation de marins de la compagnie France Navigation avait été invitée, par l'ambassadeur du gouvernement de *Frente Popular*, à l'inauguration du pavillon espagnol.

Au matin, après une nuit de sommeil bercée par le rythme cadencé des bogies, un taxi le conduisit de la gare Saint-Jean jusqu'au port de la Lune où le *Lézardrieux* était arrimé. Il s'installa dans un recoin du Petit Blayais, un bistrot de dockers, pour observer ce qui se passait autour du navire. Une grue haute sur pattes effectuait des dizaines de mouvements pour extraire des caisses de différents formats des entrailles du cargo, puis des tracteurs les empilaient dans un hangar proche que gardaient des marins à l'air décidé. Lentraille avait mis à profit le départ d'une équipe pour se glisser dans une sorte de casemate édifiée près de l'aiguillage des lignes du chemin de fer interne. Le soir était arrivé sans que la température faiblisse, et il s'était endormi.

Le martèlement des roues d'un convoi sur les pavés le tira de son sommeil. Une quinzaine de camions bâchés se dirigeaient vers les entrepôts, tous phares éteints. Il regarda sa montre : 23 heures. Des hommes donnaient des ordres brefs, la voix étouffée, pour organiser le chargement du matériel prélevé dans les cales du *Lézardrieux*. Lentraille s'assura du bon fonctionnement de son arme de service et se décida à s'approcher plus près de l'action en marchant courbé derrière un muret. Il se trouvait à mi-chemin de son objectif quand une des lourdes caisses échappa aux mains de ses porteurs. Un coin se brisa en heurtant le sol, et cinq fusils de guerre s'en échappèrent comme les doigts métalliques d'une main de géant. L'un des chefs s'approcha.

— Bandes d'incapables ! Ramassez-moi ça… Plus vite…

L'inspecteur s'apprêtait à prendre son élan pour parcourir la dernière partie de son périple quand il sentit une présence derrière lui. Il n'eut pas le temps de se retourner que le canon d'une arme s'enfonçait dans son dos. Sans un mot, l'inconnu le fouillait de sa main libre pour se saisir de son pistolet et de ses papiers.

— Qu'est-ce que tu fous là ? Les mains en l'air..

— Inspecteur Lentraille de la police judiciaire… Je suis en mission…

Il comprit que celui qui le tenait en respect n'était pas seul quand il s'adressa à un complice.

— Un flic… Qu'est-ce qu'on en fait ?

— C'est la poisse ! Auguste arrive dans un quart d'heure… On verra avec lui… Attache-le en attendant.

Lentraille fut conduit dans un bureau sans fenêtre, sous la garde d'un homme armé d'un revolver qui eut l'amabilité de lui offrir une cigarette. Minuit sonnait à un clocher lointain quand on vint le chercher pour le conduire devant deux hommes d'allures totalement dissemblables qui se tenaient près de l'étrave du cargo. Un ouvrier à la silhouette massive, coiffé d'une casquette, et un personnage élégant vêtu d'un complet recouvert d'une gabardine, la tête protégée par un chapeau dont l'ombre masquait le visage. L'ouvrier s'avança.

— Bonsoir, inspecteur… Désolé de vous traiter ainsi, mais il faudrait que vous nous expliquiez ce que vous faites à nous espionner…

Lentraille eut envie de lui rire au nez. Ce type organisait un trafic de matériel militaire sous couvert de vente d'alcool, et c'est lui qui se permettait de jouer les grands seigneurs ! Il se contrôla.

— J'enquête sur le meurtre d'un inconnu, il y a une semaine, à Paris, près du pavillon espagnol de l'Exposition internationale. J'ai toutes les raisons de penser qu'il avait à voir avec ce cargo le *Lézardrieux*, ex-*Léona*… D'autant que plusieurs de vos marins étaient sur place, ce soir-là…

L'homme souleva sa casquette pour se gratter la tête en lançant un regard vers celui qui l'accompagnait. Celui-ci s'avança, laissant la lumière blafarde des becs de gaz se saisir de ses traits.

— Monsieur l'inspecteur, je ne doute pas un instant de l'importance de votre mission, mais les circonstances m'obligent à vous demander de bien vouloir la suspendre…

Lentraille n'en croyait pas ses oreilles : on lui parlait comme à un subordonné, là sur ce lieu de contrebande où se dissimulait la solution d'un crime odieux !

— Mais qui êtes-vous pour me parler ainsi et permettre à vos hommes de tenir en respect un fonctionnaire de la République ?

Son interlocuteur souleva le pan de sa gabardine pour prendre son portefeuille dans sa poche, l'ouvrit, le plaça sous le regard de l'inspecteur.

— Jean Moulin, préfet de l'Aveyron… Je suis chargé par le gouvernement de veiller au bon acheminement de ce matériel destiné à l'armée républicaine espagnole…

L'inspecteur vacilla, incapable dans un premier temps d'assimiler ce qu'il venait d'entendre. Les autres phrases du préfet flottaient autour de lui.

— Le convoi doit prendre la direction de Toulouse puis gagner la frontière par la côte… Nous vous garderons à notre disposition, le temps du voyage… Vous pourrez ensuite reprendre votre enquête là où vous l'avez laissée…

Quand on lui rendit la liberté de ses mouvements, deux jours plus tard, le quai du port de la Lune était désert. Lentraille rejoignit la gare Saint-Jean à pied, prit le premier rapide en direction de Paris où l'on commençait à s'inquiéter de son absence.

La guerre qui avait martyrisé l'Espagne se propagea au reste de l'Europe, puis au monde. Et c'est dans un paysage de cendres, huit ans plus tard, que l'inspecteur Lentraille parvint à approcher de la résolution du mystère qui l'avait occupé, en ce mois de juillet 1937. Il assistait au procès de l'un des plus hauts gradés de la police parisienne, convaincu d'intelligence avec l'ennemi, de trahison, d'assassinats… Les témoins défilaient devant le tribunal, incapables de sortir l'assistance de la torpeur engendrée par la chaleur orageuse.

Soudain, un policier s'était porté au secours de son chef en racontant que les premiers coups étaient venus de l'adversaire, qu'il n'avait, d'une certaine manière, agi qu'en situation de légitime défense. Pressé par le président de donner des exemples, il avait pris appui sur le crime de l'Exposition internationale.

— On a commencé à nous prendre pour cibles dès 1937, monsieur le président. Bien avant l'arrivée des Allemands ! À l'époque, je faisais équipe avec Jacques Herlouche, et on avait appris que le Parti communiste venait de mettre sur pied une compagnie maritime, France Navigation, pour fournir du matériel militaire soviétique à l'Espagne républicaine. On ignorait alors que ce trafic de contrebande était placé sous la protection du ministre Pierre Cot et de son ancien chef de cabinet, le préfet Jean Moulin… Herlouche a réussi à se faire embaucher sur un des cargos, le *Lézardrieux*, mais son identité a été percée à jour, lorsque tous les équipages se sont rendus à Paris pour l'inauguration du pavillon espagnol, en juillet 1937. Ils n'ont pas hésité à le tuer puis à étouffer l'enquête…

Lentraille était sorti du tribunal. Il s'était dirigé vers le marché aux fleurs alors que les premières gouttes tièdes s'écrasaient sur l'asphalte, traçant des impacts gros comme des pièces de cinq francs. Il se réfugia sous une tonnelle en songeant à ces temps compliqués où la liberté ne survivait qu'en contrebande.

DU MÊME AUTEUR

Aux Éditions Gallimard

RACONTEUR D'HISTOIRES, *nouvelles* (Folio nº 4112).

CEINTURE ROUGE précédé de CORVÉE DE BOIS. Textes extraits de *Raconteur d'histoires* (Folio 2 € nº 4146).

ITINÉRAIRE D'UN SALAUD ORDINAIRE (Folio nº 4603).

TROIS NOUVELLES NOIRES, *avec Jean-Bernard Pouy et Chantal Pelletier*, lecture accompagnée par Françoise Spiess (La Bibliothèque Gallimard nº 194).

CAMARADES DE CLASSE (Folio nº 4982).

PETIT ÉLOGE DES FAITS DIVERS (Folio 2 € nº 4788).

GALADIO (Folio nº 5280).

MÉMOIRE NOIRE (Folio Policier nº 594).

LE BANQUET DES AFFAMÉS (Folio nº 5646).

Dans la collection Série Noire

MEURTRES POUR MÉMOIRE, *nº 1945* (Folio Policier nº 15). Grand Prix de la Littérature policière 1984 — Prix Paul Vaillant-Couturier 1984.

LE GÉANT INACHEVÉ, *nº 1956* (Folio Policier nº 71). Prix 813 du Roman noir 1983.

LE DER DES DERS, *nº 1986* (Folio Policier nº 59).

MÉTROPOLICE, *nº 2009* (Folio Policier nº 86).

LE BOURREAU ET SON DOUBLE, *nº 2061* (Folio Policier nº 42).

LUMIÈRE NOIRE, *nº 2109* (Folio Policier nº 65).

12, RUE MECKERT, *nº 2621* (Folio Policier nº 299).

JE TUE IL..., *nº 2694* (Folio Policier nº 403).

Dans « Page Blanche » et « Frontières »

À LOUER SANS COMMISSION.

LA COULEUR DU NOIR.

Dans « La Bibliothèque Gallimard »

MEURTRES POUR MÉMOIRE. *Dossier pédagogique par Marianne Genzling*, n° 35.

Dans la collection « Écoutez-lire »

MEURTRES POUR MÉMOIRE (4 CD).

Dans la collection « Futuropolis »

MEURTRES POUR MÉMOIRE. *Illustrations de Jeanne Puchol.*

Aux Éditions Denoël

LA MORT N'OUBLIE PERSONNE (Folio Policier n° 60).

LE FACTEUR FATAL (Folio Policier n° 85). Prix Populiste 1992.

ZAPPING (Folio n° 2558). Prix Louis-Guilloux 1993.

EN MARGE (Folio n° 2765).

UN CHÂTEAU EN BOHÊME (Folio Policier n° 84).

MORT AU PREMIER TOUR (Folio Policier n° 34).

PASSAGES D'ENFER (Folio n° 3350).

Aux Éditions Manya

PLAY-BACK. Prix Mystère de la Critique 1986 (Folio n° 2635).

Aux Éditions Verdier

AUTRES LIEUX (repris avec *Main courante* dans Folio n° 4222).

MAIN COURANTE (repris avec *Autres lieux* dans Folio n° 4222).

LES FIGURANTS (repris avec *Cités perdues* dans Folio n° 5024).

LE GOÛT DE LA VÉRITÉ.

CANNIBALE (Folio nº 3290).

LA REPENTIE (Folio Policier nº 203).

LE DERNIER GUÉRILLERO (Folio nº 4287).

LA MORT EN DÉDICACE (Folio nº 4828).

LE RETOUR D'ATAÏ (Folio nº 4329).

CITÉS PERDUES (repris avec *Les figurants* dans Folio nº 5024).

HISTOIRE ET FAUX-SEMBLANTS (Folio nº 5107).

RUE DES DEGRÉS (Folio nº 5373).

Aux Éditions Julliard

HORS LIMITES (Folio nº 3205).

Aux Éditions Baleine

NAZIS DANS LE MÉTRO (Folio Policier nº 446).

ÉTHIQUE EN TOC (Folio Policier nº 586).

LA ROUTE DU ROM (Folio Policier nº 375).

Aux Éditions Hoëbeke

À NOUS LA VIE ! *Photographies de Willy Ronis.*

BELLEVILLE-MÉNILMONTANT. *Photographies de Willy Ronis.*

LA PUB EST DÉCLARÉE

Aux Éditions Parole d'Aube

ÉCRIRE EN CONTRE, *entretiens.*

Aux Éditions du cherche midi

LA MÉMOIRE LONGUE

L'ESPOIR EN CONTREBANDE. Prix Goncourt de la nouvelle 2012 (Folio nº 5689).

LE TABLEAU PAPOU DE PORT-VILA, *avec des dessins de Joé Pinelli, 2014.*

Aux Éditions Actes Sud

JAURÈS : NON À LA GUERRE !

Aux Éditions Perrin

MISSAK.

Aux Éditions de l'Atelier

L'AFFRANCHIE DU PÉRIPHÉRIQUE.

Aux Éditions du Temps des noyaux

LA RUMEUR D'AUBERVILLIERS.

Aux Éditions Eden

LES CORPS RÂLENT.

Aux Éditions Syros

LA FÊTE DES MÈRES.

LE CHAT DE TIGALI.

Aux Éditions Flammarion

LA PAPILLONNE DE TOUTES LES COULEURS.

Aux Éditions Rue du Monde

IL FAUT DÉSOBÉIR. *Dessins de PEF.*

UN VIOLON DANS LA NUIT. *Dessins de PEF.*

VIVA LA LIBERTÉ. *Dessins de PEF.*

L'ENFANT DU ZOO. *Dessins de Laurent Corvaisier.*

MISSAK, L'ENFANT DE L'AFFICHE ROUGE. *Dessins de Laurent Corvaisier.*

NOS ANCÊTRES LES PYGMÉES. *Dessins de Jacques Ferrandez.*

LE MAÎTRE EST UN CLANDESTIN. *Dessins de Jacques Ferrandez.*

LOUISE DU TEMPS DES CERISES : 1871, LA COMMUNE DE PARIS. *Dessins de Mako.*

Aux Éditions Casterman

LE DER DES DERS. *Dessins de Tardi.*

DERNIÈRE SORTIE AVANT L'AUTOROUTE. *Dessins de Mako.*

LA DIFFÉRENCE. *Dessins de Mako.*

Aux Éditions l'Association

VARLOT SOLDAT. *Dessins de Tardi.*

Aux Éditions Bérénice

LA PAGE CORNÉE. *Dessins de Mako.*

Aux Éditions Hors Collection

HORS LIMITES. *Dessins d'Assaf Hanuka.*

Aux Éditions EP

CARTON JAUNE ! *Dessins d'Assaf Hanuka.*

LE TRAIN DES OUBLIÉS. *Dessins de Mako.*

L'ORIGINE DU NOUVEAU MONDE. *Dessins de Mako.*

CANNIBALE. *Dessins d'Emmanuel Reuzé.*

TEXAS EXIL. *Dessins de Mako.*

LE RETOUR D'ATAÏ. *Dessins d'Emmanuel Reuzé.*

Aux Éditions Liber Niger

CORVÉE DE BOIS. *Dessins de Tignous.*

Aux Éditions Terre de Brume

LE CRIME DE SAINTE-ADRESSE. *Photos de Cyrille Derouineau.*

LES BARAQUES DU GLOBE. *Dessins de Didier Collobert.*

Aux Éditions Nuit Myrtide

AIR CONDITIONNÉ. *Dessins de Mako.*

Aux Éditions Imbroglio

LEVÉE D'ÉCROU. *Dessins de Mako.*

Aux Éditions Privat

GENS DU RAIL. *Photos de Gorges Bartoli.*

Aux Éditions Oskar jeunesse

AVEC LE GROUPE MANOUCHIAN: LES IMMIGRÉS DANS LA RÉSISTANCE.

LA PRISONNIÈRE DU DJEBEL.

Aux Éditions ad libris

OCTOBRE NOIR. *Dessins de Mako.*

LA MAIN ROUGE. *Dessins de Mako.*

Aux Éditions La Branche

ON ACHÈVE BIEN LES DISC-JOCKEYS.

Aux Éditions Jérôme Milon

BAGNOLES, TIRES ET CAISSES. *Dessins de Mako.*

Aux Éditions de l'Archipel

TÊTES DE MAURES

Aux Éditions Larousse

UNE OASIS DANS LA VILLE

Aux Éditions Oslo

MORTEL SMARTPHONE

COLLECTION FOLIO

Dernières parutions

5522. Homère	*Iliade*
5523. E.M. Cioran	*Pensées étranglées* précédé du *Mauvais démiurge*
5524. Dôgen	*Corps et esprit. La Voie du zen*
5525. Maître Eckhart	*L'amour est fort comme la mort* et autres textes
5526. Jacques Ellul	*« Je suis sincère avec moi-même »* et autres lieux communs
5527. Liu An	*Du monde des hommes. De l'art de vivre parmi ses semblables.*
5528. Sénèque	*De la providence* suivi de *Lettres à Lucilius (lettres 71 à 74)*
5529. Saâdi	*Le Jardin des Fruits. Histoires édifiantes et spirituelles*
5530. Tchouang-tseu	*Joie suprême* et autres textes
5531. Jacques de Voragine	*La Légende dorée. Vie et mort de saintes illustres*
5532. Grimm	*Hänsel et Gretel* et autres contes
5533. Gabriela Adameşteanu	*Une matinée perdue*
5534. Eleanor Catton	*La répétition*
5535. Laurence Cossé	*Les amandes amères*
5536. Mircea Eliade	*À l'ombre d'une fleur de lys...*
5537. Gérard Guégan	*Fontenoy ne reviendra plus*
5538. Alexis Jenni	*L'art français de la guerre*
5539. Michèle Lesbre	*Un lac immense et blanc*
5540. Manset	*Visage d'un dieu inca*
5541. Catherine Millot	O Solitude
5542. Amos Oz	*La troisième sphère*
5543. Jean Rolin	*Le ravissement de Britney Spears*
5544. Philip Roth	*Le rabaissement*

5581. Paolo Rumiz *L'ombre d'Hannibal*
5582. Colin Thubron *Destination Kailash*
5583. J. Maarten Troost *La vie sexuelle des cannibales*
5584. Marguerite Yourcenar *Le tour de la prison*
5585. Sempé-Goscinny *Les bagarres du Petit Nicolas*
5586. Sylvain Tesson *Dans les forêts de Sibérie*
5587. Mario Vargas Llosa *Le rêve du Celte*
5588. Martin Amis *La veuve enceinte*
5589. Saint Augustin *L'Aventure de l'esprit*
5590. Anonyme *Le brahmane et le pot de farine*
5591. Simone Weil *Pensées sans ordre concernant l'amour de Dieu*
5592. Xun zi *Traité sur le Ciel*
5593. Philippe Bordas *Forcenés*
5594. Dermot Bolger *Une seconde vie*
5595. Chochana Boukhobza *Fureur*
5596. Chico Buarque *Quand je sortirai d'ici*
5597. Patrick Chamoiseau *Le papillon et la lumière*
5598. Régis Debray *Éloge des frontières*
5599. Alexandre Duval-Stalla *Claude Monet - Georges Clemenceau : une histoire, deux caractères*
5600. Nicolas Fargues *La ligne de courtoisie*
5601. Paul Fournel *La liseuse*
5602. Vénus Khoury-Ghata *Le facteur des Abruzzes*
5603. Tuomas Kyrö *Les tribulations d'un lapin en Laponie*
5605. Philippe Sollers *L'Éclaircie*
5606. Collectif *Un oui pour la vie ?*
5607. Éric Fottorino *Petit éloge du Tour de France*
5608. E.T.A. Hoffmann *Ignace Denner*
5608. Frédéric Martinez *Petit éloge des vacances*
5610. Sylvia Plath *Dimanche chez les Minton et autres nouvelles*
5611. Lucien *« Sur des aventures que je n'ai pas eues ». Histoire véritable*

5612. Julian Barnes — *Une histoire du monde en dix chapitres ½*
5613. Raphaël Confiant — *Le gouverneur des dés*
5614. Gisèle Pineau — *Cent vies et des poussières*
5615. Nerval — *Sylvie*
5616. Salim Bachi — *Le chien d'Ulysse*
5617. Albert Camus — *Carnets I*
5618. Albert Camus — *Carnets II*
5619. Albert Camus — *Carnets III*
5620. Albert Camus — *Journaux de voyage*
5621. Paula Fox — *L'hiver le plus froid*
5622. Jérôme Garcin — *Galops*
5623. François Garde — *Ce qu'il advint du sauvage blanc*
5624. Franz-Olivier Giesbert — *Dieu, ma mère et moi*
5625. Emmanuelle Guattari — *La petite Borde*
5626. Nathalie Léger — *Supplément à la vie de Barbara Loden*
5627. Herta Müller — *Animal du cœur*
5628. J.-B. Pontalis — *Avant*
5629. Bernhard Schlink — *Mensonges d'été*
5630. William Styron — *À tombeau ouvert*
5631. Boccace — *Le Décaméron. Première journée*
5632. Isaac Babel — *Une soirée chez l'impératrice*
5633. Saul Bellow — *Un futur père*
5634. Belinda Cannone — *Petit éloge du désir*
5635. Collectif — *Faites vos jeux !*
5636. Collectif — *Jouons encore avec les mots*
5637. Denis Diderot — *Sur les femmes*
5638. Elsa Marpeau — *Petit éloge des brunes*
5639. Edgar Allan Poe — *Le sphinx*
5640. Virginia Woolf — *Le quatuor à cordes*
5641. James Joyce — *Ulysse*
5642. Stefan Zweig — *Nouvelle du jeu d'échecs*
5643. Stefan Zweig — *Amok*
5644. Patrick Chamoiseau — *L'empreinte à Crusoé*
5645. Jonathan Coe — *Désaccords imparfaits*
5646. Didier Daeninckx — *Le Banquet des Affamés*

5647.	Marc Dugain	*Avenue des Géants*
5649.	Sempé-Goscinny	*Le Petit Nicolas, c'est Noël !*
5650.	Joseph Kessel	*Avec les Alcooliques Anonymes*
5651.	Nathalie Kuperman	*Les raisons de mon crime*
5652.	Cesare Pavese	*Le métier de vivre*
5653.	Jean Rouaud	*Une façon de chanter*
5654.	Salman Rushdie	*Joseph Anton*
5655.	Lee Seug-U	*Ici comme ailleurs*
5656.	Tahar Ben Jelloun	*Lettre à Matisse*
5657.	Violette Leduc	*Thérèse et Isabelle*
5658.	Stefan Zweig	*Angoisses*
5659.	Raphaël Confiant	*Rue des Syriens*
5660.	Henri Barbusse	*Le feu*
5661.	Stefan Zweig	*Vingt-quatre heures de la vie d'une femme*
5662.	M. Abouet/C. Oubrerie	*Aya de Yopougon, 1*
5663.	M. Abouet/C. Oubrerie	*Aya de Yopougon, 2*
5664.	Baru	*Fais péter les basses, Bruno !*
5665.	William S. Burroughs/ Jack Kerouac	*Et les hippopotames ont bouilli vifs dans leurs piscines*
5666.	Italo Calvino	*Cosmicomics, récits anciens et nouveaux*
5667.	Italo Calvino	*Le château des destins croisés*
5668.	Italo Calvino	*La journée d'un scrutateur*
5669.	Italo Calvino	*La spéculation immobilière*
5670.	Arthur Dreyfus	*Belle Famille*
5671.	Erri De Luca	*Et il dit*
5672.	Robert M. Edsel	*Monuments Men*
5673.	Dave Eggers	*Zeitoun*
5674.	Jean Giono	*Écrits pacifistes*
5675.	Philippe Le Guillou	*Le pont des anges*
5676.	Francesca Melandri	*Eva dort*
5677.	Jean-Noël Pancrazi	*La montagne*
5678.	Pascal Quignard	*Les solidarités mystérieuses*
5679.	Leïb Rochman	*À pas aveugles de par le monde*
5680.	Anne Wiazemsky	*Une année studieuse*

Composition Igs
Impression Novoprint
à Barcelone, le 10 décembre 2013
Dépôt légal: decembre 2013

ISBN 978-2-07-045238-5 / Imprimé en Espagne.

250725